日本一わかりやすい
【新訳】
星の王子さま

Antoine Marie Jean-Baptiste Roger de Saint-Exupéry

サン＝テグジュペリ・作
永嶋恵子・訳／中村みつえ・絵

ＫＫロングセラーズ

はじめに

大人だって、昔はみんな子どもだった。

そのことを覚えている大人は、ほとんどいないけれど。

この本をレオン・ウェルトに捧げます。

彼はぼくにとって、この世でいちばんのお友だちだから。

また、彼はなんでもわかってくれる人だし、大人になった今でも、子どもの心を忘れていない人だから。

さらに、いま彼は、飢えと寒さのなかで、なぐさめを必要としているから。

1

この絵は、ぼくが六歳のときに見た絵本のコピーです。
これはジャングルで「ほんとうにあった話」。

大きなヘビが獲物をまるのみに。

その本には、獲物をのみ込んだヘビは、自分も動けなくなり、
半年間眠ってすっかり消化します、と書いてあった。
お腹のなかで獲物が、どうなってしまうのか。
ぼくは、いろいろ考えてみた。

大人たちはわかってくれない。
どうして大人はわからないんだろう。

お腹のなかの獲物を想像しながら、ぼくは、色鉛筆で絵を一枚描いてみた。
自信満々その絵を大人たちに見せて、
「これ、こわくない？」と聞いた。
すると、

大人たちはみんな
「なんで帽子がこわいの？」という。

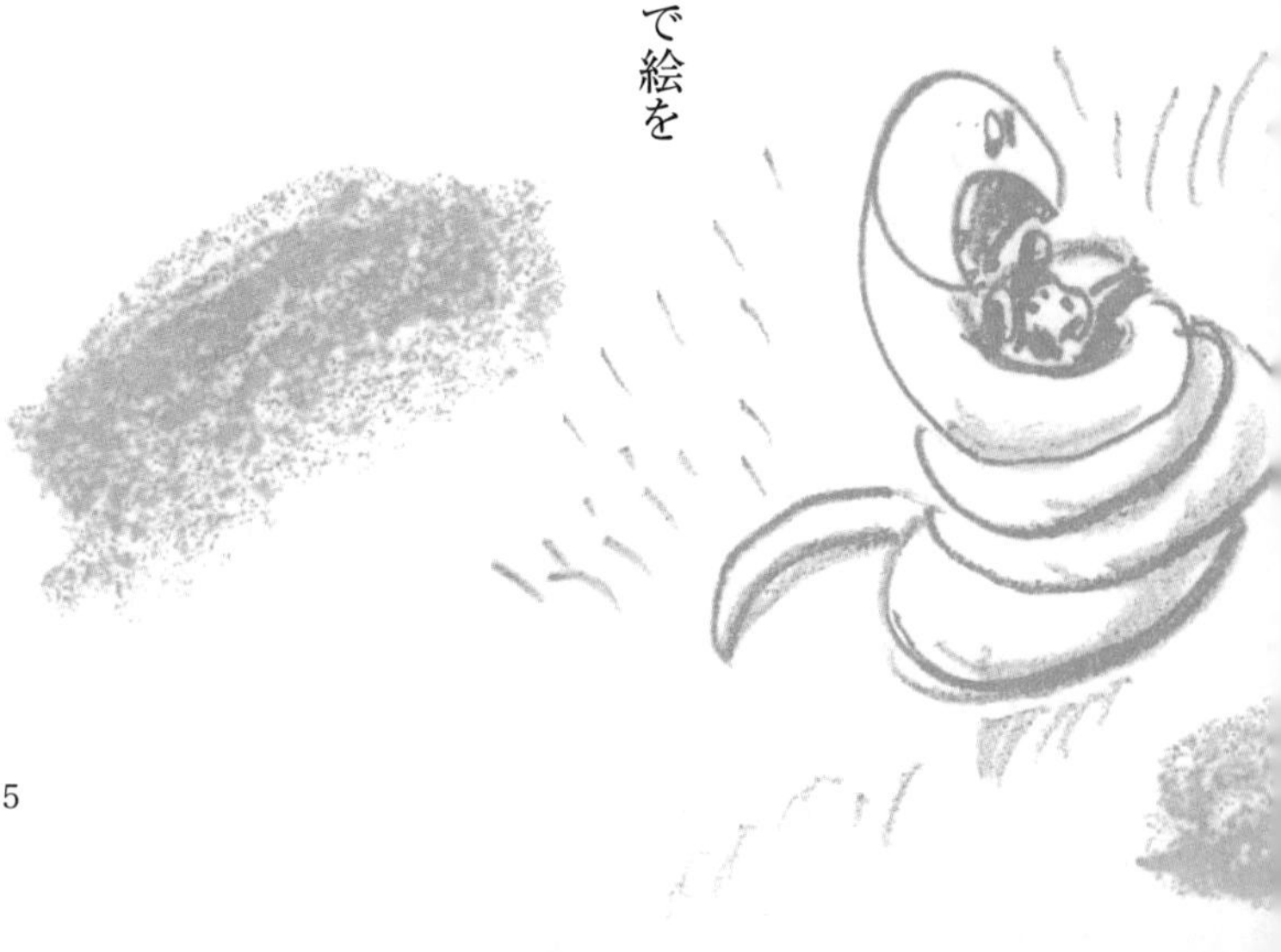

大人は、子どものことを、なにもわかっていない。
絵について、なんども、なんども説明しても、ちっともわかってくれやしない。
だから子どもは疲れてしまう。

ぼくは帽子なんか描いたんじゃない。
大きなヘビのお腹に飲み込まれたゾウが、どうなっているかを描いたんだ。

でも、大人はそれをわかってくれない。
だから大人たちには、もっとくわしく説明してあげなくちゃ。

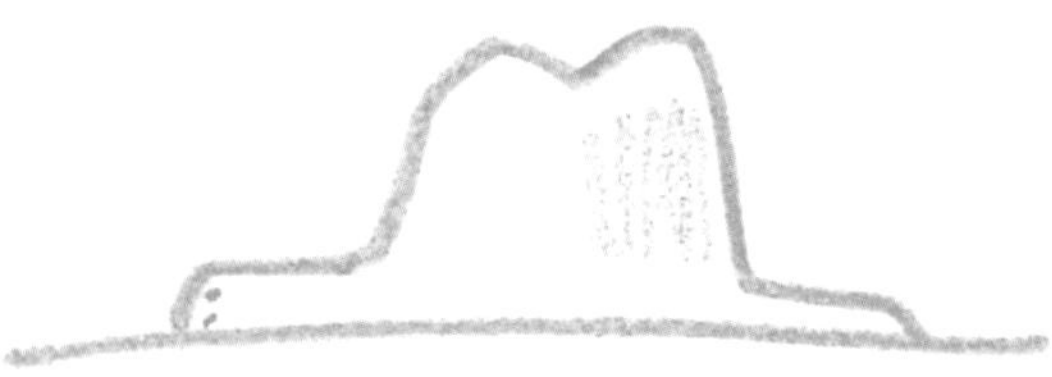

ぼくは、もう一枚絵を描いて大人に見せた。

二枚目の絵を見た大人たちは、そんな絵を描くのをやめて、地理、歴史、算数、文法などを勉強しなさいといった。

大人たちがみんなそういうから、ぼくは絵を描くというすばらしい仕事を六歳できっぱりあきらめた。

ぼくは絵がうまくなかったらしい。
がっかりしてしまった。
しかたがないから、絵描きとは違う職業を選ぶことにした。

絵描きになることをあきらめ、ぼくは飛行機の操縦を学んだ。

そして、世界中を飛び回った。
たくさんの人々に出会い、たくさんのことを学んだ。
でも、ぼくの考えは変わらなかった。
やっぱり、大人たちはわかっちゃいない。

大人たちがいったとおり、なるほど地理の勉強は役に立った。
夜のまっ暗闇を飛行機で飛んだときには、中国やアリゾナ州など、一目で見分けがついたから。

飛行機で世界中を飛び回って、世界中のえらい人たちにもたくさん出会えた。

それもほんとにいいことだった。

人間として、いちばん大切なもの。それがなにかを知っている大人はあまりにも少ない。

この人だったらわかってくれそう。

えらく見えた人に出会ったとき、ぼくはあの第一号の絵を見せながら、ジャングルや大きなヘビや星の話をした。

でも、彼らだって答えはいつもおなじ。

「これ、帽子でしょう?」

「この人は、ものわかりがいい」
大人たちはよくそういう。
大人がいう、ものわかりのいい人って、ブリッジやゴルフや政治やネクタイなどの話に合わせて、いっしょになって喜べる人のこと。

ぼくは、大人が喜ぶ話をするのが苦手だ。
ものわかりのいい人と話すのが苦手だ。

だから、いつもひとりきりで暮らしてきた。

それで心をすっかり開いて、ほんとうのことを話す相手がいなかった。

そう、六年前、ぼくが操縦していた飛行機がサハラ砂漠で不時着するまでは。

2

あなたは、ほんとうの孤独感を味わったことある？

それって、まさに船が難破して、たったひとり大きな海のどまんなかに投げ出され、流れていた木につかまりながら、まっ暗闇を漂流しているような感じ。

砂漠にほうり投げだされたぼくは、ほんとうに孤独だった。

不時着したその日の夜は、千マイルも人里から離れた砂漠で眠った。

飛行機のエンジン故障でサハラ砂漠に不時着したとき、副操縦士も整備士もだれひとりいなかった。

ぼくはやっかいな修理をみんな自分でしなければならなかった。

夜が明けかかるころだった。

聞きなれない小さな声が……。

「ね、ヒツジの絵を描いて」

砂漠のまんなかで小さな人影が、じっとぼくを見つめていた。雷に打たれるってこんなことかな?　驚いたといったらなかった。

飲料水は一週間分だけ残っていたけれど、生きるか、死ぬかの瀬戸際だった。
ぼくは、目をなんどもこすりながら、あたりを見回した。

そこには穴があくほど、ぼくを見つめる小さな子が立っていたのだ。

ぼくは、パッと飛び起きた。

「ね、ヒツジの絵を描いてよ」

小さな子は、小さな声でいった。

人間って、想像を絶する不思議に出会うと、びっくりぎょうてんしてしまい、いやだといえなくなるものだ。

この絵は、だいぶあとになってから、その子を描いたもの。

ぼくの最高傑作。

よく見ると、その子は、道に迷っているようではない、疲れているようでもない。お腹がすいているようでもないし、のどが渇いているようでもない。

こわがっているようでもない。

「ね、ヒツジの絵を描いてよ」

まじめな顔でそう、くり返すだけ。

いつ死ぬかもしれないこのときに、ヒツジのお絵描きなんて、まったく考えられないことだったけど、なぜか「そんなのイヤだよ」と、きっぱり断り切れない。人間って、その場の雰囲気に、ふっと流されてしまうものらしい。

前にも話したように、大人たちが反対したせいで、ぼくは、六歳で絵描きをあきらめた。
それから、ずっと絵なんか描いたことがなかった。
あの大きなヘビの内側と外側を描いてからずっと……。

「描けないよ」と断っても断っても、
「ヒツジを描いて」とせがまれて、ぼくはしかたなく、

ずっと前に描いたあの大きなヘビの外側だけを
描いて見せた。

ところが、ところが、その子はあの大きなヘビの絵の中身を、
すっかり読み取ってしまったのだ。

絵を見てその子はいった。

「ちがうよ、ちがうってば。描いてほしいのはヘビにのまれたゾウなんかじゃない。このヘビは、すごく危ないよ。それにゾウは場所ばっかりとるしね。

ぼくのところは、すごく小さいから、ヒツジがほしいの。ヒツジを描いてよ」

ぼくは、またまたびっくりぎょうてん。

それでヒツジの絵を描いた。一枚目だ。

その子はヒツジの絵をじっと見ていたけれど、どうも気に入らなかったらしい。
「これはダメ！　病気みたい。もうすぐ死んでしまいそう。
よわよわしいヒツジはダメだよ。描きなおして」
二枚目のヒツジを描いたけれど、また気に入らなかった。
「ツノが生えているからね。これオスのヒツジでしょう？
ふつうのヒツジがほしいな」
という。
それで、三枚目のヒツジを描いた。

「これ、年を取ってヨボヨボ。ダメだよ。
長生きするヒツジがほしいんだ」

ぼくは、いらいらしてきた。

ぼくは気があせっていた。
飛行機のエンジン修理も急がなくちゃいけないし。
なんだかどうでもよくなった。
なげやりな気分で、小さな箱を一つ描いて、彼にポンと渡した。

「きみがほしがっているヒツジは、この箱のなかに入っているからね」

するとその子の顔がぱっと笑顔に。

「こんな絵がほしかったんだ。このヒツジは、草をたくさん食べるかな？　だって、ぼくのところはとっても狭くて、なにもかもみんな小さいから」

「心配なんかいらないよ。小さな、小さなヒツジだからね」

その子は、箱のなかをのぞきこみ、
「小さくなんかないよ。ほら、もう寝ている」とうれしそうにいう。

こうしてぼくは、王子さまと知り合った。

3

でも、王子さまが、どこからやって来たのか、それがわかるまで時間がかかった。

彼はぼくにたくさん質問するのに、ぼくが聞いても、ぜんぜん知らん顔。


不時着した飛行機にやっと気づいた王子さまは、

「あそこにあるもの、あれ、なあに？」

二人の会話は、まったくちんぷんかんぷんだ。

「あれはね、ものじゃないよ。飛ぶんだ。飛行機だよ。ぼくの飛行機だ」

「ええっ！　空から落ちてきたの？」

「そうだよ」

「へぇっ！　そんなの変だよ」といって、王子さまは笑いころげた。

ぼくは、かなりムッとした。

ぼくの不幸な状況をもっとまじめに受け取ってほしいものだ。

「きみも、空からやって来たの？　どの星から来たの？」

王子さまのその質問がぼくにとって、王子さまってなにものか、そのミステリーを解く最初のカギとなった。

ぼくはすかさず聞いた。

「きみ、ほかの星から来たの？」

でも、王子さまは答えない。

ちょっとだけ首をふりながら、じっとぼくの飛行機を見ていた。

「そうだね。あんなものでは、そんなに遠くから来られないよね」

しばらくの間、王子さまは物思いにふけっていた。

それから、ぼくの描いたヒツジをポケットから取りだして、宝物を見るように、じっと見つめていた。

王子さまがいった、あのひとこと。

「どの星」ってなんだろう。


ぼくは、その言葉につりこまれ、彼について、もっともっと知りたくなって聞いてみた。

「ね、どこから来たの？　おうちはどこ？　ぼくのヒツジをどこに連れていくつもり？」

王子さまは、なんにもいわないけれど、しばらく考えてから答えた。


「ほんと、よかったよ。きみがくれたあの箱が、暗くなったらヒツジのお家になってくれるから」

「そうだね。きみがよい子にしていたら、引き綱も描いてあげるよ。昼間、ヒツジが逃げないようにね。それから、つないでおく杭《くい》もね」

ぼくがそういうと、王子さまは、ひどくショックを受けたみたいだった。

「つなぐだって？　それ変だよ！」

「だって、つないでおかなきゃ、ヒツジがどこかへ逃げて、いなくなってしまうでしょ」

王子さまは、またまた、大声で笑った。

「どこに逃げちゃうの？」

「どこへだってさ。まっすぐどこまででも……」

王子さまの顔はまじめだった。

「ヒツジは逃げても大丈夫。ぼくが住んでいるところは、なにもかもみんな小さいから」

そして、少し悲しげだった。

「ぼくの星は小さいから、どんどん前に進んでも、遠くに行けやしないんだ」

4

王子さまは自分のことをほとんど話さなかったけれど、言葉のはしから大事なことがわかってきた。

その一つは、彼が地球以外の星からやって来たということ。

二つ目は、王子さまの星は、およそ家一軒ほどの大きさだということだった。

王子さまの星が、そんなにも小さいとわかったけれど、ぼくはまったく驚かなかった。

宇宙には地球、木星、火星、金星など巨大な星があって、そのほかにも、望遠鏡でもほとんど見えない星たちが、たくさんあるからだ。

天文学者は、新しい星を発見するたびに、名前のかわりに番号をつける。

たとえば、小惑星三二五番とか。

王子さまの星は、小惑星B-六一二だ。

そう確信するにはわけがある。

一九〇九年に、トルコの天文学者が、望遠鏡でたった一度だけ見た星。

その天文学者は、世界天文学学会で、正式に発表した。

ところが、だれひとり、その発見を信じようとはしなかったのだ。

新発見が学会で公表されても、なぜ、信じられなかった?

そのわけは、その天文学者の身につけていた衣服などが、学者らしくなかったから。

大人なんて、だいたいそんなものだ。

あとになって、トルコの独裁者が、ヨーロッパスタイルの服

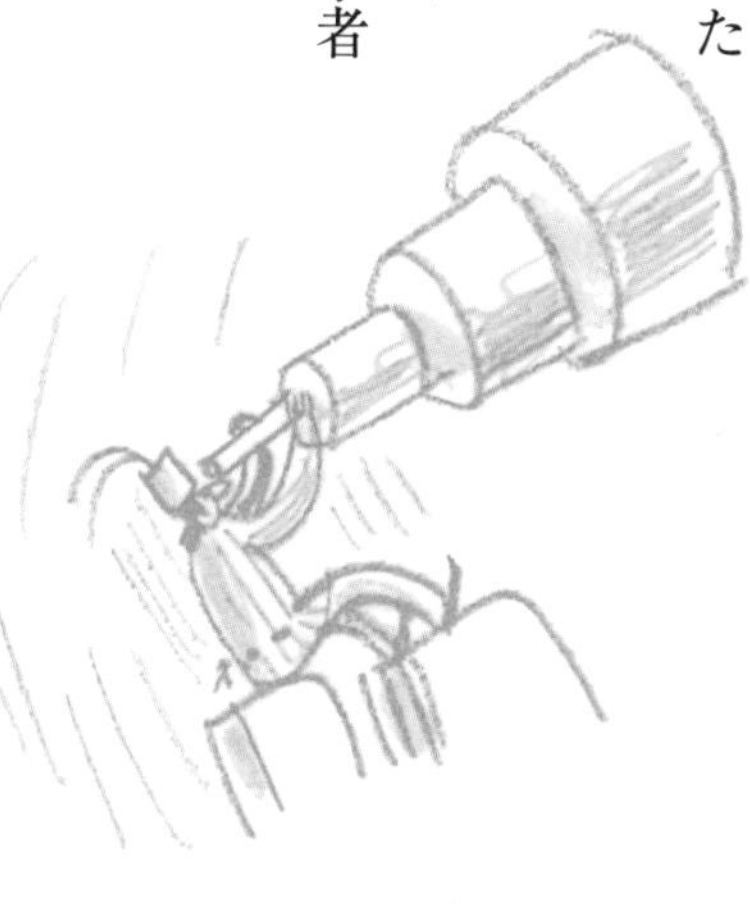

を着なければ、死刑にするという命令をだした。

その命令にしたがって、天文学者はおしゃれなスーツに身を包み、一九二〇年に、ふたたびおなじ学会発表をした。

今度は、全員が彼の学説を受け入れた。


小惑星のナンバーなんかにこだわるのは、大人だけだ。

大人は数字が好きだからね。

新しい友だちができたとき、

「その人いくつ？」

「兄弟は何人？」

「体重は？」

「お金持ち？」

「お父さんの収入は？」

などと聞いてくる。

それで大人はわかったつもりでいる。


大人たちは、ほんとうに大切なことなど聞いたりはしない。


たとえば、ぜったいこんなことは聞かないね。

「そのお友だち、どんな声で話すの？」

「一番すきなゲームはなに？」

「チョウの採集なんかしている?」

「窓辺にゼラニュームが咲いて、ハトたちが屋根で休んでいる。そんなきれいな赤いレンガのお家を見たよ」

と、大人たちにいってもダメ。

「一〇万フランもする家を見た」と報告すれば、大人たちは、かならずいうよ。

「なんてすごい家なんだ!」


「王子さまは、楽しい人だ。よく笑うし、ヒツジを欲しがった。王子さまって、そんな人だ」

というと、大人たちはあきれ返るだろう。

「きみって、子どもっぽいね！」と、肩をすぼめるだろう。

「王子さまの星は、B-六一二番だよ」といえば、大人たちは納得して、それ以上は聞かない。

大人ってそういうものだ。
だから、そんなことで大人に逆らってはいけない。
それより、子どもが大人を、しっかり理解してあげないとね。

人生のことがわかる大人ならば、数字なんて

気にしないはずだ！

だから、ぼくもこの物語をおとぎ話のように始めるべきだったかもしれない。

「昔々、一人の王子さまが、自分よりもほんの少しだけ大きい家に住んでいた。そして、お友だちを一人欲しがっていました」とかね。

おとぎ話のように始めれば、人生をよくわかっている人には、この物語がほんとにあった話だと思ってもらえたかもしれない。ところが、ぼくはこの本を、軽い気持ちで読んでほしくはなかった。

なぜって、王子さまとの思い出を語るのは、
あまりにも悲しすぎるから。

王子さまがヒツジを連れて、どこかへ行ってしまってから、
もう六年になる。

ぼくがいま、こうして書いているのは、あの
大切な友だちをぜったいに忘れたくないからだ。

友だちのことを忘れるのは辛い。
でも、だれにでも友だちがいるって限らないけどね。

ぼくだって、そのうちに、数字にしか興味を持てない大人に

なるかもしれないし。
思い出の王子さまを描こうと、ぼくは絵の具と色鉛筆を買った。
六歳で絵を描くのをやめたぼくが、この歳でまた描くなんて……。

本物そっくりに描こうとがんばってみたけど自信がない。
王子さまの身長も、高いのがあれば、低いのもある。
服装の色なども、記憶がおぼろげだ。

王子さまは、ぼくのことをおなじ人間だと思っていたらしい。
けれど、それはちがう。

ぼくは箱のなかの透視なんかできやしない。
ぼくも大人に近かったのだろうね。

5

日を追うごとに、王子さまとの思い出が、少しずつはっきりしてきた。
王子さまが住む星のこと、星から旅立ったときのこと、そして旅の道中のことなども。

あれは王子さまに出会って三日目のこと。
ぼくは、バオバブの話を知ったのだ。

それもヒツジを描いたおかげ。
突然、王子さまは心配そうにこう聞いた。

「ほんとにヒツジは、小さい木や葉っぱを食べるの？」

「そうだよ。ほんとだよ」
「そうなんだ。うれしいな」

「じゃあ、バオバブも食べるよね」

ぼくは、バオバブは教会みたいにおおきな木だから、ゾウの群れだって食べきれないよといった。

ゾウの群れと聞いて、王子さまは笑った。

「ゾウだったら、ぼくの星では一頭ずつ積み上げなくちゃ。でも、バオバブだって小さいのもあるよ」

ぼくは聞いた。

「どうしてヒツジに小さいバオバブを食べさせるの?」

「わかっているじゃない!」

ぼくはそのわけを自分で考えなければならなかった。

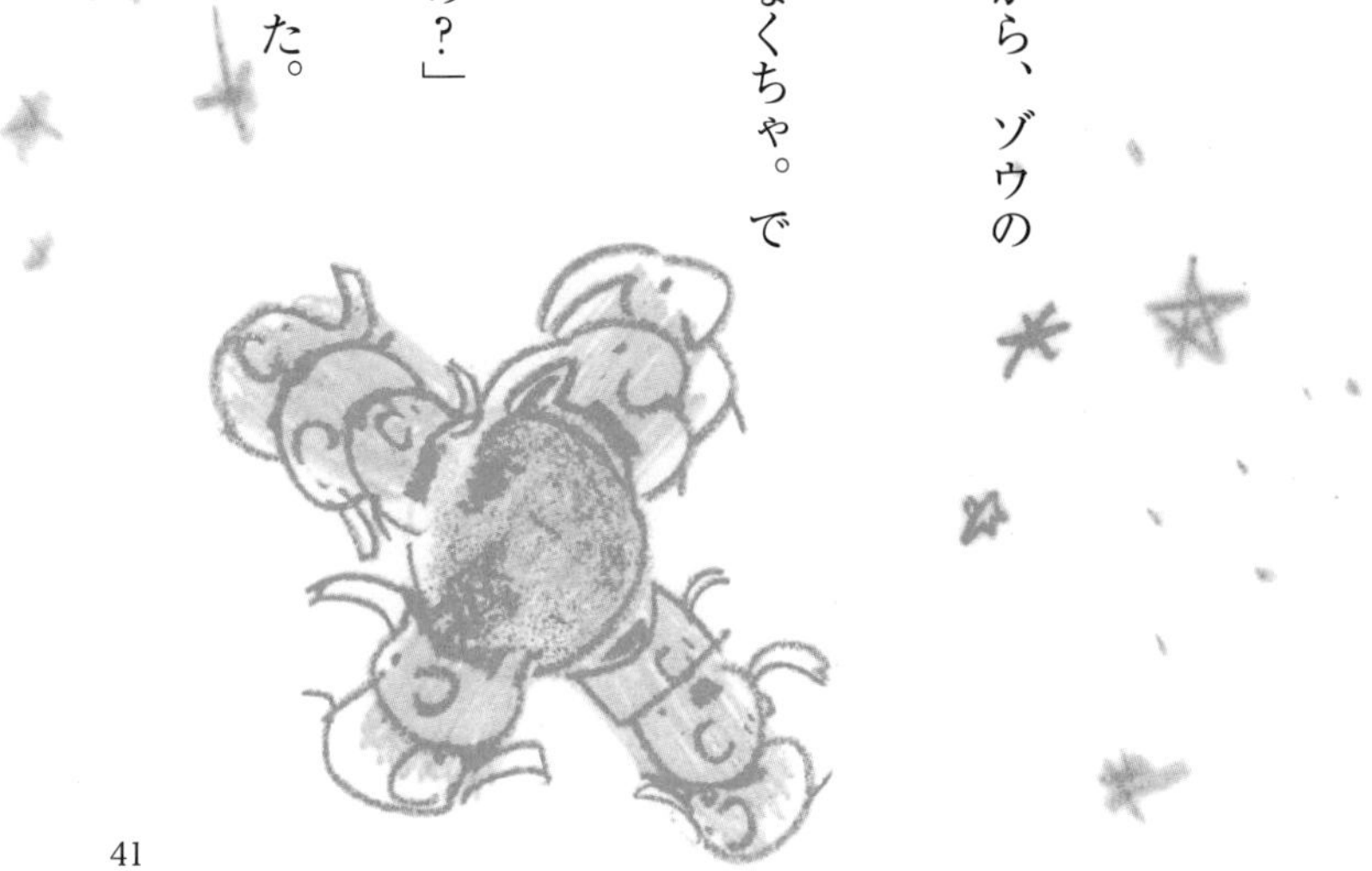

王子さまの星には、ほかの星もそうだけれど、よい植物と、わるい植物がある。

よい植物は、よい種から生えるし、わるい植物は、わるい種から生える。でも、よい種なのか、わるい種なのか、外からはわからない。

種たちは、仲間のひとりが、
「さあ、起きよう！」
と決心するまで、大地の深いところでひっそりと眠っている。目をさますと、まず、背伸びをし、おずおずと芽をだし始める。
汚れを知らない、かわいい芽たちが、お日さまのほうへと向かって伸びていく。

赤カブやバラの種だったら、そのまま放っておいていい。かれらは、よい植物だから。
ところが、わるい植物ならば、伸びたらすぐに引き抜かなくちゃ。

王子さまの星では、恐ろしいバオバブが大地にはびこっていた。

大地はバオバブの毒に汚染され、王子さまはすっかり困りはてた。

バオバブは、抜くのが遅れると、根絶やしにできない植物だから、放置すると大変なことになる。

星が破滅しかねないのだ。

あとで王子さまはいっていた。

「習慣づけることだよ。朝、顔を洗い、服を着る。それから、植物の世話をする。バオバブも小さいときは、バラとおなじだよ。バラと見分けがつくようになったら、きっぱり、全部、抜かなくちゃ。めんどうくさいけれどね、習慣づけたら、簡単なことさ」

ある日のこと、王子さまは、ぼくにバオバブのすばらしい絵を描くようにと、熱心にいった。

なぜって、ぼくが住んでいるこの地球の子どもたちに、バオバブについてしっかり伝えてほしいからと。

だからみごとな絵を描いてね、と。

バオバブの絵を描くようにいいながら、王子さまは、つぎのようにもいっていた。

「子どもたちが、いつの日か旅に出るとき、きっと役に立つから。

仕事はあとにのばしても、問題ないこともあるけれど、バオバブは放っておくと、ぜったいに、大変なことになる。

ぼくは、なまけものが住んでいた星を知っているよ。そのなまけものは、バオバブがまだ小さいからといって、摘み取らなかった。

三本そのままにしておいた。

するとどうなったと思う？」

王子さまから、その話を聞いて、ぼくはなまけものの住んでいる星の絵を描いてみた。

バオバブがどんなに危険か、あまりだれにも知られていない。
でも、小さな惑星のなかで、道に迷った人は、とんでもない目にあうことになる。
ぼく、お説教なんか嫌いだよ。
でも、これだけはいわせてね。

「バオバブには、気をつけて！」

こうしてバオバブの絵を描いたのも、ぼくとおなじように、バオバブがどんなに危険か知らずに、危ない目にあっている友

だちがたくさんいるから……。

みんな聞くかもしれないね。
「この本には、バオバブのほかにりっぱな絵がないね。どうして？」って。
答えは簡単。
ただ、前の絵はうまく描けなかっただけ。

苦労して、一生けんめいに描いたのは、バオバブの教訓をみんなに知ってほしかったから。

はやく、はやく知らせたいと、気があせっていたから。

この教訓がむだにならなかったら、ぼくは、ほんとうに満足。

6

王子さま！　きみはよく笑うけど、すごく悲しそうな目をしているね。

ぼくには、そのわけがやっとわかってきたよ。
なぜって、きみの楽しみといったら、沈んでいく太陽を眺めるだけだったからなんだよね。

四日目の王子さまとの会話。

「ぼくは日暮れどきが大好き。いっしょに見に行こうよ」

「でも、待たなくちゃ」

「待つ？　なにを待つの？」

きみは、はじめ驚いていた。

それから、自分でもおかしくなったのか笑っていたっけ。


「ぼくね、まだ家にいるような気がしているんだよ」

そうなんだね。

だれもが知っていることだけれど、アメリカのお昼は、フランスでは日暮れどき。

一分でフランスに飛べれば、日没が見られるわけ。

でも、フランスは遠すぎて、そんなわけにはいかない。


きみの小さい星ならば、椅子をちょっと動かすだけで、沈んでいく太陽を見たいと思ったらいつだって、見られるはず。いつだって、たそがれどきに出会えるはず。


「いつか、一日に四十四回も、太陽が沈んでいくのを見たことがあるよ！」

きみはそういったね。

それから、こんなことも。

「すごく悲しいとき、ぼく、太陽が沈んでいくのを見る。それって、すばらしいことだよ」

「一日に四十四回も沈んでいく太陽を眺めたなんて、きみには、よっぽど悲しいことがあったんだね」

王子さまは、なにもいわなかった。

7

五日目のこと。
ぼくはまた、ヒツジのおかげで王子さまの秘密を知った。
王子さまは、だしぬけに聞いた。

「ヒツジは花も食べるの？」

「なんでも食べちゃうよ」

「トゲのある花でも？」

「そうだよ。トゲがあってもさ」

「じゃあ、トゲはなんの役にたつの？」

トゲがなんの役にたっているのか、ぼくは知らなかった。たまたまぼくが飛行機のボルトをはずしていたときで、いいかげんに答えておいたのだ。不時着した飛行機の修理がなかなか進まなくて、いらだっていた。

もう飲み水もなくなるという最悪の状態だった。

「トゲはなんの役にたつの？」

王子さまは質問しだすと、ぼくが答えるまであきらめない。ボルトのことで気がたっていたから、ぼくはいいかげんに返事をする。

「トゲって、なんの役にもたたないよ。花たちは、いじわるしたいんだろう」

すると、王子さまはキッとなった。

「うそだね。そんなのうそだよ」

「花たちは、弱いんだ。花たちは、根がやさしいんだ。花たちは、自分で自分の身を守りたいんだよ。トゲで自分を守っているんだ」

ぼくはだまっていた。

このボルトがうまくいかなければ、ハンマーで叩きのめそう。頭はそのことでいっぱいだった。


王子さまはなんどでも聞く。

「じゃあ、きみは花のことをそんなふうに思っているんだね」

「ちがうよ。ちがうってば、そんなこと思っていないよ。口から出まかせにいっただけ。いま、すごく困ったことが起きているときだから」

王子さまは、びっくりして、じっと、ぼくを見つめた。

「困ったことって、なあに？」

ぼくは、脂でギトギトのまっ黒な手にハンマーをにぎり、墜落した飛行機の上からかがみこんで調べていた。

きっと王子さまは、ぼくのことをなんだか汚れて、きたない人だと思ったことだろう。

王子さまはいった。

「まるで大人みたいに話すんだね」

ぼくは、ちょっと恥ずかしかった。

王子さまは、かまわずいいつづける。

「きみはめちゃくちゃだよ。なにもかもごちゃまぜにしている」

王子さまは、ほんとうにいらだって、金色の髪を風になびかせていた。

いらだちながらも王子さまは、

「ぼく、赤ら顔の紳士を知っているよ。その人はね、花の香りをかいだことがない。星も見たことがない。人を愛したこともない。やっていることといえば、毎日、毎日、朝から晩まで、足し算しているだけ」

王子さまは、さらにつづける。

「彼は、一日中、ただ、足し算しているだけなのに、ものすごく忙しい、忙しいと、口ぐせのようにいっていたよ。自分はまじめ人間だからって。まるで、きみみたいだ。そんなの人間じやなくて、ただのキノコだよ！」

「キノコだって？」

「そうだよ。キノコだよ！」

もう王子さまは、怒りにふるえて青くなって話しつづける。

「花たちは、何百年もの間、トゲを作りつづけてきたんだ。ヒツジだって、おなじように、何百年も花を食べつづけてきた。

どうして、花たちが苦労に苦労を重ねて、なんの役にもたたないトゲを作っているのだろう。

そのわけを知ろうという人がまじめな人じゃないの？

ヒツジたちや花たちの闘いなんか、どうってことないっていうの？

ヒツジや花たちの闘いが、ふとっちょで赤ら顔の紳士の足し算より大事じゃないって、きみはそういっているの？

ちょっと想像してみて。

ぼくの星に世界でたった一本しかない珍しい花が咲いている。

ある朝、小さなヒツジがその花を、パクリと食べてしまったら、それをぼくが知ったとしたら。

きみはそれが大事なことじゃないっていうの？」


王子さまは、顔をまっ赤にして話しつづける。


「世界には何百万もの星がある。

数え切れないほどある星のなかに、たった一本だけ咲いている花があるとするね。

その花が大好きという人がいたら、その人は星を眺めるだけで、幸せいっぱいになると思うよ。

その人は、いつだって、心のなかでつぶやいている。

『わたしの花がどこかで咲いている』と。

でも、ヒツジがその花を食べてしまったら、その人の星が全部、消えてなくなってしまうと思う。

それでもきみは、そんなのぜんぜん問題じゃないっていうの？」

そういうと王子さまは、なにもいえなくなって、わっと泣きだした。

夜のとばりが降りた。
ぼくの修理用の道具が手からすべり落ちた。
ハンマーもボルトも、どうでもよくなった。
のどが渇いても、たとえ死んだとしても、もう、どうでもよくなった。
ぼくのそばにいるのは、たった一人王子さまだけ。
ぼくはなんとかしてなぐさめなくてはと思った。

ぼくは王子さまをしっかりと抱きしめ、小さな声でやさしくいった。

「きみの花は大丈夫だよ。ヒツジには、口輪を描いてあげる。花には覆いを描いてあげるから。ぼくね……」といいかけたけど、それ以上、いうことができない。

ぼくって、なんとぶざまなんだ！　どうしたら、王子さまの気持ちに寄りそえるのか、ぼくにはわからなかった。

涙の国って、ほんとうに不思議だね。

8

ようやくぼくは、あの花のことがもっとわかるようになった。

王子さまの星には、とてもつつましい花たちがたくさん咲いていた。花びらはみんな一重だという。場所をとらないように

だれの邪魔もしないようにね。

花たちは、朝になって、草むらに顔をだしたかと思うと、またすぐ夕暮れには姿を消した。
ところが、どこからか飛んできた種がひとつ芽をだしたのだ。

ほかの芽とはぜんぜん違う芽。
なんか違うと思いながら、王子さまはつきっきりで世話をした。

新種のバオバブかなと、芽がまだ小さいときには、そう思っていた。
その芽がやがて成長して、つぼみをつけ始めると……。
おおきなつぼみが、どんどんふくらんでいく。

王子さまにはなんかとてつもない花が突然、現れてくるような気がした。

でも、でも、その花は、じっとみどり色の部屋に身をひそめたまま。

どんな花を咲かせようかと、あれこれ考えつづけていたのだ。

どんな色で咲こうか。

それが最大の悩みだった。

考えに考え抜いて、花はドレスの色を選び、花びらをていねいに整えた。

その花は、ケシのようにシワシワのまま顔をだすのがいやだった。
ピッカピカに輝いて、だれもがあっと驚く美しさでなければ……と。

そう、そう、その花はものすごくみえっぱりだった！　だから、身支度するのに、何日も、何日もかかった。

ある朝のこと、お日さまがのぼり始めたまさにそのとき、やっとのことでその花は姿を現した。
身支度にあんまり時間がかかりすぎて、疲れきって、あくびばっかり。

「ああ、あたしまだねむいの。ごめんなさいね……きちんとした格好じゃなくて……」


その花に出会った王子さまは、「なんてかわいいんだ!」と、つい、いってしまった。


「そうかしら? あたしね、お日さまといっしょに生まれてきたのよ」

花は、かわいらしい声でいった。

王子さまは、その声のトーンに、みえっぱりな子だなあと、なんか変な予感がしていた。

この花はちょっと問題だな。

王子さまはすぐ、そう直感した。

でも、彼女は目もくらむほど美しすぎる花だった。

「そろそろ朝食の時間だわ。なにかいただけないかしら?」
王子さまは、すっかりまごついた。
あわててじょうろを探しにいって、花にやさしく水をやった。

まもなく、その花は王子さまをものすごく悩ませることに……。

その花のじまん話やいばりようはふつうではなかったのだ。
たとえば、ある日のこと。
彼女は自分の四つのトゲをそれとなく指さしながらいった。

「あたしね、トラたちが爪で襲ってきても大丈夫！」

「ここには、トラなんかいないさ。それからね、トラは草を食

べないよ」と、王子さまは反論する。

「あたし、草なんかじゃないもん」

女の子の鼻にかかったあまい声。

「ごめんよ……」


「トラはちっともこわくないけど、あたし、吹き抜けていく風がこわいの。なんかであたしを覆ってくれないかしら？」


花なのに、風がこわいなんて、どういうことなんだろう。

なんだか気むずかしい子だなあ。

王子さまがそう思っていると、

「暗くなったら、ガラスで覆ってね。ここはなんて寒いのかしら。落ち着かないわ。もともとあたしが住んでいた星は……」

そういうと、女の子は、ふっと言葉をつまらせた。

前に住んでいた星といっても、ほんとはほかの世界のことを、彼女は知るはずもなかった。

だって、ここに来たときは、種でしかなかったのだから。すぐバレそうなうそをついて、彼女は自分でも恥ずかしそうにしていた。

それなのに、彼女は、悪いのは王子さまだ、みんな王子さまのせいにしなくちゃと、二度、三度とせきをしてなんとかごまかそうとした。

「風よけの覆いはどうなったの？」

「取りに行こうと思っていたら、きみが話しかけてきたから……」

彼女は、悪いのは自分じゃない、王子さまのせいだといいたげに、また、せきを一つした。


はじめのうちは、その花をほんとうにかわいいと思って、王子さまはこころを込めて愛をそそいでいた。

それがだんだん信じられなくなった。

彼女のわけのわからない言葉をまじめに受けとっている自分が、なんだかみじめに思えてきた。

ある日のこと、王子さまは、ぼくに打ち明け話をしてくれた。

「あの花がいうことをそのまま、うのみにしたのがいけなかった。

花のいうことを、そうか、そうかと聞いてあげるだけでよかったのにね。

花は眺めたり、香りをかいだり、楽しむものなのに……。

ほんとに彼女はぼくの星をいい香りでいっぱいにしてくれたのにね。

でも、あのころぼくはちっとも楽しくなかったんだ。

あのトラの爪のこともね、いらいらしないで、彼女がなにを考えているかに思いをはせるべきだった。


あのころ、ぼくはなんにもわかっちゃいなかった。

彼女の言葉だけじゃなくて、その裏にあるやさしさを読み取るべきだった」


王子さまは、また、こんなことも打ち明けてくれた。

「あの花のおかげでぼくの星はいい香りでいっぱいだった。
それに彼女は、ぼくの毎日に明るい灯をつけてくれたしね。
彼女から逃げてはいけなかった！
彼女はぼくをいらだたせようと見せかけていただけなのに……。
ほんとはやさしい、いい子だった。

あの花の心に潜むやさしさを、わかってあげるべきだった。
花たちって、気持ちとは正反対のことをするんだよね。
それにしても、あのころのぼくは愛するってどんなことか、ぜんぜん知らなかった。
あまりに幼すぎたんだね」

9

王子さまは、きっと、渡り鳥を眺めているうちに、ふるさとの星から逃げだそうと、思いついたにちがいない。


旅立ちの日、王子さまは、自分の星のお掃除をした。

活火山は二つあったけれど、朝食を温めるのに役立っていた。

それらを熊手でていねいに掃いた。


王子さまは、いつ噴火してもおかしくない休火山も一つ持っていて、それも熊手できれいにした。

火山というものは、熊手できちんと掃除をしておけば、噴火しないで、おとなしくしていてくれる。

地球ではそうじゃないけどね。

だから、火山はやっかいなんだ。

出発を控えて王子さまは、バオバブの根を抜いた。
バオバブはたった一本だけになってしまい、さびしそうな顔をしていた。

王子さまは、この星にはもうぜったい帰らないと決めていた。

だから、旅立ちの朝には、毎日やっていた仕事も、これでおしまいだと思ってやった。
そう考えるだけで、いとおしさが増してくる。

あの問題の花にも最後の水やりをして、ガラスの覆いのなかに戻したとき、王子さまは、泣きたい気分になった。

「さようなら」

王子さまがいったのに、花は返事をしなかった。

もう一度、

「さようなら」というと、花はせきを一つ返した。

でも彼女は風邪をひいていたわけじゃない。

しばらくして、彼女はいった。

「あたし、ほんとにばかだった。ごめんなさい。あなた、お幸せにね」

とがめるような口ぶりではない。

王子さまは少し驚いた。

ガラスの覆いを手に持ったまま、困りきって立っていた。

どうしていま彼女は、こんなにもやさしいのだろう。

「あなたのこと、大好きだったわ。でも、それをあなたにはわかってもらえなかった。

それって、わたしのせいなの。もういいのよ、そんなこと。

あなたっておばかさん。わたしもおばかさん。ほんと、お幸せにね。

ガラスの覆いはいらないわ。もう、なんにもいらないから」


「でも風が吹くと……」

「夜、風に吹かれるって気持ちがいいわ。だって、あたし、花なんですもん」

「動物たちがやって来たら……」

「チョウチョと仲よくしたかったら、ケムシの二、三匹はがまんしなくちゃ。チョウチョってきれいですもの。ほかにだれも来てくれやしないし。あなたは遠くに行ってしまうし。大きな動物だったら？　あたしにだって爪があるわ」

彼女は痛々しく、四つの爪を見せて、なんかいらだっているみたいだった。

「もう、うろちょろしてないで！　決めたんでしょ、行くって。さっさと、行きなさいよ」

彼女は王子さまに、泣き顔を見られたくなかったのだ。ものすごく誇り高い花だったから……。

10

ふるさとの星を発った王子さまは、小惑星三二五、三二六、三二七、三二八、そして、三三〇という名の星たちの近くにたまたまやって来た。

彼はそれらの星を一つずつ訪ねて、なにかを真剣に学びたいと思った。

最初に訪れた星には、王さまが住んでいた。

紫色の服に白テンの毛皮をまとい、簡素だけれど堂々と玉座にすわっていた。

王子さまを見たとたん、王さまは、「やあ、家来が来たな！」と叫んだ。

まだ一度も会ったことがないのに、どうして家来だとわかるんだろう？　王子さまはとまどっていた。

王さまたちにしてみれば、世界なんてすごく単純なもの。なぜって、王さまのほかはみんな、家来にすぎないのだから。でも、王子さまは、そんなこと知っているわけがない。

「近くに来なさい。きみがもっとよく見えるようにな」

王さまは、やっと家来を持てたことに、すごく満足していた。

王子さまは、腰を下ろそうとしてあたりを見回したけれど、すわる場所がない。

だって、王さまがまとっている白テンの大きな大きなマントが、星をすっかり被いつくしていたから。

王子さまは、しかたなくそのまま立っていた。


なんだか疲れてきた王子さま、あくびがでてしまった。

王さまは、すかさず命令した。


「王の前であくびとは、エチケットに反する。あくびは禁止じゃ」

「がまんができませんでした。長旅でぜんぜん眠れなかったから」

王子さまは、まごついた。

「そうか。では、あくびをしなさい。これまで、あくびをする人を見たことがなかったからな。あくびとはおもしろいものだ。さ、もう一度あくびをしなさい。命令じゃ」

「おどかさないでください。いますぐ、あくびをしろといわれても、できません」

王子さまの顔はまっ赤になった。

「そうか、そうなのか。では、ときにはあくびをして、そしてまた、ときには……」

王さまは、もぐもぐいっていたが、困っているみたいだった。

だれより自分が偉いと思っていた王さまは、命令に従わないなんて、がまんがならなかったのだ。

でも、もともと、こころ根のやさしい人だったから、できそうもない命令はしない。

「わしがもし将軍に、カモメになれと命令したとする。その将軍が従わなくても、将軍が悪いのではない。わしが悪いのじゃ」

王子さまは、ビクビクしていた。

「すわってもよろしいでしょうか?」

王さまは、

「すわることを命じる」といいながら、着ていた毛皮のすそを、もったいぶって引き寄せた。


王子さまは不思議に思った。

王さまの星はちっぽけだ。

こんな小さな星で王さまは、ほんと、なにを支配するのだろう。


王子さまは思いきって聞いてみた。

「陛下、おたずねしたいのですが……」

「質問することを命じる」

「陛下はなにを支配しているのですか?」

「なにもかも全部じゃ」

王さまは、あっさりとそういった。

「なにもかも?」

「そうじゃ、なにもかもじゃ」

王さまは、もったいぶって、自分の星だけでなく、まわりの星たちも見渡しながら指さした。

「そうだよ。なにもかも全部じゃ」

なぜって、王さまは、自分の星の君主であっただけでなく、宇宙の君主だったから。

「あの星たちは、みんな王さまに従っているのですね」

「もちろんじゃ。そんなこと、いうまでもない。なにをさておいても従う。わしに反抗するなど、がまんできん」

王さまの権力の強さに、王子さまは、驚いてしまった。

ひょっとして、自分にもそんな力があったら、あの夕日が沈む光景を、椅子を動かさなくたって、日に何回も見られるだろうに！　四十四回どころか、七十二回も、百回も、二百回も夕日を見られるだろうに！

王子さまは、ふと、おきざりにしてきたふるさとの小さな星を思いだして、ちょっと悲しくなった。

そこで思い切って、王さまに頼んでみることにした。

「陛下、沈んでいくお日さまを見たいのです……。太陽に沈めと命令していただけませんか?」

「わしが将軍に命令したとする。チョウのように花から花へ飛べとか、悲しい物語を書けとか、カモメになれとかね。もし、将軍が命令に従えなかったら、わしと将軍のどちらが間違っているかね?」

王子さまは、きっぱりといった。

「それは王さまでしょう」

「きみのいうとおりだ。

人に命令するときには、それぞれの人ができることを、命令しなければならん。
権力は、なにはともあれ道理にかなっていてこそ、はじめて行使すべきものなのだ。

もし、きみが人々に海に飛び込めと命令したとする。きっと、革命が起こるだろう。わしの命令は道理にかなっている。だからみんなが服従するのだ」

「ぼくの夕日のお願いは？」

王子さまは質問しだすとなかなか止まらない。

「では、夕日を見せてあげる。わしが命令するからな。だがな、待つとしよう。条件がよくなるまでな。それがわしの統治のわざだ」

「いつ条件がよくなるのですか？」と王子さまが聞くと、王さまは大きなカレンダーをめくりはじめた。

「今晩の七時四十分ごろだ。なにもかも、うまくいくぞ！」

王子さまはあくびをした。

待っても、待っても夕日は見えなかった。

王子さまは退屈になって王さまにいった。

「もう、ここではすることがなくなってしまいました。ぼくはまた、旅に出ます」

それを聞いた王さまは止めた。

せっかく家来が一人できて、うれしくて得意満面だったのに、あっさり去られてはたまらない。


「大臣にしてあげるから、行くな！」


「なんの大臣ですか？」

「法務大臣じゃ」

「でも、裁判するって、だれを？　ここには人っ子一人いないのに」

「きみ、知らないな。わしは、この国をまだ見て回ったことがない。それに年取って歩けないのだ。馬車を止めておく場所もないしな」

王子さまは、体をよじって星の向こうがわを見ていった。

「さっきから見ていますけれど、向こう側にもだれもいませんよ」

「じゃあ、自分の裁判をするのじゃ。

自分で自分の裁判をするほどむずかしいことはないのだぞ。

きみが、自分のことを自分でしっかり裁判できたら、それはきみがほんとうに賢い人間だということだ」

「自分で自分を裁判するのは、どこでだってできます。ここにいなくたって」

「そうだな。では、ネズミだ。この星には、どこかに年取ったネズミが一匹いてな、夜になるとでてくる。あのネズミを裁判したらどうじゃ？　ネズミを生かすも殺すもきみ次第。裁判で死刑にしたり、釈放したりな。なにせ、この国にはたった一匹いるだけだから」

「だれかを殺すなんて！　ぼくはいやです。旅に出ます」

「だめだ！」と王さま。

旅支度がすっかり整っていた王子さまは、これ以上王さまをわずらわす気がなかった。

「陛下は、理屈に合った命令しかださないといわれましたね。それから、命令にはすぐ従えと。

さあ、いますぐでて行けと命令なさってください」

王さまの返事はない。
王子さまは、ためらいながら、ため息を一つ。
そして、さっと飛び立った。
王さまは大声で叫んでいた。
「きみを大使にしてやるぞ」
いばりきって叫んでいた。

「大人って、わからない」
王子さまは、つぶやいた。

11

二番目の星には、うぬぼれの強い男が住んでいた。

ずっと遠くにいた王子さまをちらと見かけただけなのに、

「おれの崇拝者がやって来た！」

と、こおどりしていた。

うぬぼれ屋の男にとっては、だれもがみんな自分への崇拝者。

「こんにちは。変わった帽子ですね」と王子さま。

「これは、ぼくに拍手かっさいしてくれるやつらに、こたえるための帽子なのさ。あいにく、まだ、だれも来ないけどな」

「そうなんだ……」と王子さまはいったけれど、その男がなにをいっているのかわからない。
「手をたたいてごらん」とうながされ、王子さまは手をたたいた。

すると、男は帽子を持ち上げて、もったいぶっておじぎをした。

あの王さまよりは楽しいかも。

そう思った王子さまは、手をたたきつづけた。
男は帽子を持ち上げて、もったいぶっておじぎをしつづける。
五分間もやっていると、このゲームのくりかえしに、王子さ

まはくたびれてきた。

「どうしたらやめてくれるの？」

そんなこと、男の耳には入らない。

ほめられていることしか頭にない。


「きみ、ほんとにおれのことを崇拝しているのかい？」

「崇拝って、どんな意味なの？」

「崇拝っていうのはね。おれがこの星のなかで、いちばんハンサムで、ベストドレッサーで、いちばん金持ちで、いちばん知性がある男だと、すっかりほれこむことだよ」

「でも、この星の住んでいるのは、あなた一人っきりでしょ？」

「頼む。おれを崇拝してくれ！」

「あなたを崇拝するよ。でも、なんでそうしてほしいの？」

王子さまは肩をすくめながらその星をあとにした。

「大人って、ぜんぜんわからない」

12

王子さまが訪ねた次の星には、のんだくれが一人住んでいた。

王子さまはその星に、ほんの少しの間しかいなかったけれど、ものすごく暗い気持ちになった。

のんだくれは、空ビンとまだ空けていないビンをまわりにずらりと並べて、じっとだまりこくっていた。

「そこでなにしているの？」

「酒を飲んでいるんだよ」

のんだくれは、悲しそうだった。


「どうしてお酒なんか飲むの？」

「忘れるためだよ」

「忘れるためだって？」

彼が気の毒になった王子さま。

「なにを忘れたいの？」

「恥さらしの自分をさ」

「なにが恥さらしなの？」

「酒を飲む自分がさ」

のんだくれはそういうと、また、だまりこんでしまった。

「大人って、まったく、わけがわからない」

王子さまは、次の星へと向かった。

13

四番目の星には、ビジネスマンが住んでいた。

その人はものすごく忙しそうで、王子さまがやって来たときにも、顔をあげなかった。

「こんにちは。たばこの火が消えていますよ」と王子さま。

「三たす二は五。五と七で十二。十二と三で十五。十五と七で二十二。二十二と六で二十八。

たばこに火をつける時間もない。

二十六と五で三十一。わ〜お。全部で五億百六十二万二千七百三十一になったぞ」

「五億ってなんのこと？」

「きみ、まだそこにいたのか。ええと、五億百万……。忘れちゃったよ。山ほど仕事があるからな。まじめ人間だから、くだらんことにかかわっておられん！　二たす五は七と……」

「五億百万ってなんなの？」

王子さまは、なにかを聞きだすと、もう止まらない。

何度だって聞く。

ビジネスマンは、やっと顔をあげた。

「おれは四十五年もここに住んでいるけど、これまで三度しか邪魔されたことがない。

最初は二十二年前。

どこからかカブトムシが飛んできて、机に落ちたんだ。ブンブンうるさかったから、四回も計算をまちがえた。

二度目は十一年前だな。


あのときはリューマチの発作で動けなくなった。

散歩する時間もないほどだから、運動不足もいいところだ。

おれはまじめ人間だからな。

三度目は……まったく……いまだ！　なんだったっけ？　たしか五億百万……。

「五億ってなんのこと?」

なんども聞かれてビジネスマンは、計算するのをあきらめて、王子さまにつきあうことにした。

「五億ってな。ときどき空に見えるあの小さなものたちのことだ」

「ハエたち?」

「ちがう。小さくて輝いている」

「ハチたちのことかな?」

「ちがうよ。ぐうたらな人たちが、夢でもみているように眺め

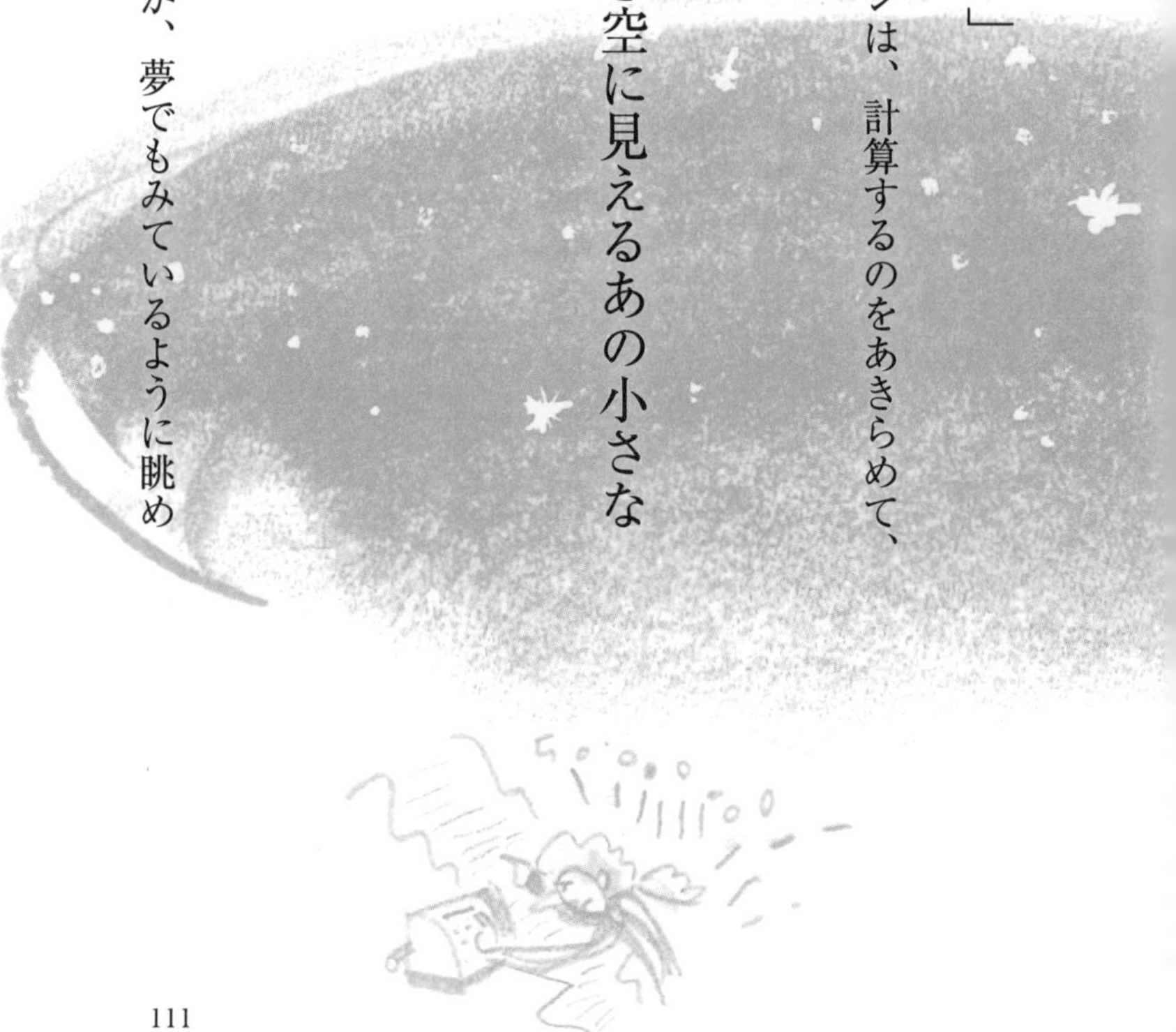

ているあの金色に輝いている小さなものさ。おれは、まじめ人間だからな。そんな夢みている暇なんかない」

「それって、星のこと？」

「そう、それだ。星のことだよ」

「五億もの星をどうする気？」

「どうもしないさ。持っているだけ」

「ここに来る前にぼく、王さまに会ってきたんだけど……」

「王さまは持っているんじゃない。ただ、支配しているだけさ」

「星を持っていたら、なんかいいことがあるの？」

「金持ちになれるじゃないか」


「金持ちになるといいことある？」

「だれかが新しい星を発見したら、それも買えるじゃないか」

王子さまは、この男はさっきののんだくれとおなじだと思った。

でも、王子さまは質問しつづけた。

「どうすれば星を自分のものにすることができるの？」

「星はだれのものかね？」

男は不機嫌そうに、いい返した。

「知らない。だれのものでもない」

「じゃあ、おれのものだ。だって、おれが最初に星を持つことを思いついたのだからな」

「思いついた？　それだけのこと？」

「もちろんさ。だれのものとも決まっていないダイヤモンドを、きみが見つけたとするね。そのダイヤモンドはきみのものさ。きみの新発見のアイデアだって、特許を取ったら、きみのものだろ？」

その男はつづけた。

「だれも星は自分のものだと考えつかなかったよね。最初に自分のものだと決めたのは、このおれ。だから、星はおれのものなのさ」

「それで星をどうするの？」

「管理する。星たちを数える。なんどもなんども数える。やっかいな仕事だよ。おれはまじめ人間だからな」

王子さまには納得がいかない。

「スカーフだったら、首に巻いて持っていけるよね。花だったら、摘んで持っていける。星は摘んで持っていけないでしょ！」

「摘めないね。でも、銀行には預けられる」

「なにそれ?　どういうこと?」

「ぼくの星の数を伝票に記入して、引き出しに入れてカギをかけておく」

「それだけ?」

「それだけで十分さ」


ちょっとおもしろい話だけれど、現実ばなれしていて、まったくまじめ人間のすることじゃない。

大人の考えるまじめ人間と、王子さまのまじめ人間とでは、大きなちがいがあった。


王子さまはいった。

「ぼく、花を一本育てていてね。毎日、水やりをしていたんだ。火山も三つ持っていて、週に一度は掃除をしていた。

活火山じゃないのも掃除するよ。きみにはわからないだろうけどね。ぼくが花や火山を持っているのは、かれらの役に立っているからだ。

きみが星を自分のものにしても、なんの役にも立たないじゃない」


ビジネスマンは口を開けたまま、なにも答えられなかった。

「大人って、すごく変だよね」

王子さまは旅をつづけた。

14

五番目の星は、それまで見たこともないような星だった。

小さな、小さな星。

その星には、街灯一つと、それに火をともす男しかいない。

家が一軒もないし、住人もいない。
王子さまは、とても不思議だった。
だって、人がいないのになんで、街灯に火をともすのだろうと。
王子さまには、どう考えても理解できない。
わけのわからない男だな。

でも、前に出会った王さまや、うぬぼれ男や、ビジネスマン、のんだくれほど、ひどくはない。
この男の仕事には、少なくともなんか意味があると思った。

街灯に灯をともしたら、宇宙に星がもうひとつ輝くかも。
もう一本花を咲かせるかも。

街灯の火が消えたら、花も星も眠ってしまうから、これはほんとうに役に立つ、すばらしい仕事だ。

王子さまがその星に着いたとき、街灯に灯をつけている男に、こころをこめて挨拶をした。

「こんにちは。どうして、たったいま街灯の灯を消したの？」

「命令なんだよ。こんにちは」と男。

「命令って、どんな？」

「消しなさいという命令さ。やあ、こんばんは」


そういってまた灯火をともした。

「どうして、また灯をつけたの？」

「命令なんだ」

「わからないなあ」

「わかるわけないさ。命令は命令なんだ。おはよう」

そういって、男はまた灯を消した。

男は赤いハンカチーフで額をぬぐう。

「ほんと、とんでもない仕事だよ。前はこんなにひどくなかった。朝になったら街灯を消す。暗くなったら点灯する。それで昼間はゆっくりできたし、夜は眠れたのにさ」

「命令が変わったの？」


「命令は変わっていないよ。それが問題なのさ！　星の回転がだんだん速くなってね。いまでは、回転が一分間に一回。だから、一秒だって休めないわけ。消したり、つけたりを一分間に一度やっているんだよ」

「おかしいよ。一分間が一日なんて」

「おかしくないよ。これできみとは、もう一カ月もしゃべっている」

「一カ月も?」

「そうだ。三十分だから一カ月さ。さて、こんばんは……と」

そういいながら男はまた点火した。

王子さまは、じっと男を見つめた。

そうしているうちに、だんだん彼のことが好きになってきた。なぜって、こんなに命令をよく守る人を、あまり見たことがなかったから。

そのとき、王子さまはふと、あのふるさとで、ちょっと椅子をずらしながら、夕日を眺めた日々を思いだした。

この男を助けてあげようかな。

そんな気になった。

「いい方法を教えてあげる。休みたいときに休む方法だけど」

「おれはいつだって休みたいのさ」

まじめ人間だって、たまには楽をしたいときだってある。
王子さまはつづけた。

「この星なら、三歩で一回り。だから、ゆっくり歩いてみて。そうしたら、いつだってお日さまといっしょにいられるってわけ。
休みたくなったら、ちょっと歩く。好きなだけ昼間がつづくよ」

「ぜんぜん助けにならないな。
おれはただただ眠りたいんだよ」

「気の毒な人だね」

「かわいそうな男だよ。おはよう」

そういって、男は街灯に点火した。

そしてまたすぐ、灯を消していた。


王子さまは旅をつづけながら、男のことを考えた。

あの男はきっと、王さまや、うぬぼれ男や、のんだくれ、ビジネスマンたちから、軽蔑されるだろうなあと。

でも王子さまには、彼だけは、少しわかるような気がしていた。


なぜって、彼だけが、自分のことだけじゃなくて、ほかの人のことも考えていたから。

王子さまは、ため息をついた。

「友だちになりたかったたな。でも、あの星は小さすぎて、ぼくの居場所はなかった」

王子さまは、そこを去るのが辛かった。


その星は、一日二十四時間に千四百四十回もみごとに輝く幸せいっぱいの星だった。

15

六番目の星は五番目より、十倍も大きい星だった。

そこには巨大な書物を書いている年老いた紳士が住んでいた。

長い旅のあとで、やっとその星にたどり着いた王子さまは、ふ～っとひと息ついて、そばにあった椅子に腰をかけた。

王子さまを見た老紳士が叫んだ。

「やあ、探検家がやってきた。きみ、どこから来たの？」

その質問には答えずに、王子さまは逆に聞いた。

「その大きな本ってなに？　なにを書いているの？」

「わたしはね、地理学者だ」

「地理学者？」

「地理学者ってね、海や、川や、街や、山や、砂漠などが、どこにあるかみんな知っている学者のことだよ」

「おもしろそう。やっとほんとの仕事をしている人に出会えた！」

そういって王子さまは、この星の周囲をじっくり見回した。

こんなにすばらしい大きな星を、王子さまは見たことがなかった。

「あなたの星は、ほんとに美しい。この星には海もあるの？」

「そんなこと知らないよ」と地理学者。

「ええっ？」

「じゃあ、山は？」

王子さまは、がっかりした。

「知らないよ」


「街や、川や、砂漠は？」

「そんなもの知らないよ」

「でも、あなたは地理学者でしょう？」

「そうだよ。

　でも探検家じゃない。

　わたしの星には探検家はいないよ。

　地理学者という仕事はね、そんなものを調べるために出歩いたりしないものだ。


　歩き回る時間もないよ。

　もっと、もっと大事なことがあるからね。

　書斎からだってでたことがない。

　いつも書斎で探検家と会う。

　探検家にいろいろ聞いて、書きとめる。

　探検家がおもしろい記憶を話してくれたら、そのときは、その探検家がどういう人間かを調べるのだ」

「どうして調べたりするの？」

「探検家がうそをついたら、うそっぱちだらけの本になる。のんだくれの探検家みたいにな」

「どうして？」

「のんだくれには、なにもかも二つに見えるからね。すると地理学者は、山が一つだけなのに二つあると書いてしまう。それじゃ信用されないよ」

「ぼく、そんな悪い探検家を知っているよ」

「そうだろう。だから、探検家がうそつきでないと思ったときだけ、その人の発見を調査する」

「調査って、見に行くの？」

「行くわけないよ。めんどうだよ。でも、探検家にさまざまな証拠をだしてもらう。たとえば、大きい山を発見したとするね。その証拠として、大きな石を持ち帰ることを求めている」

地理学者は突然、興奮しだした。

「きみ、遠くから来たのだね！　きみは探検家だ！　きみの星のことを話してくれないか」

地理学者はノートを開き、鉛筆を削りはじめた。探検家の報告を、はじめは鉛筆で記録し、証拠のとれたものだけをインクで書いていくわけだ。

地理学者は期待に心はずませて、わくわくしていた。

「ぼくがどこに住んでいるかって？　そんなおもしろいところじゃないよ。小さな星で、火山が三つあってね。活火山が二つ、休火山が一つ。そんなこと知らないですよね」

「知らないね」

「花も一本あります」

「花なんかどうでもいいよ」
「どうして？　きれいなのに」
「花は、はかないものだからね」

「はかないって、どんな意味？」

「世のなかには、たくさんの本があるけどな、そのなかで地理学の本には、いちばん大切なことが書いてあるのだ。流行におくれるなんてことは、ぜったいにない。山が動いたり、海の水がなくなったりするのは、めったにありやしないからね。わたしたちは、永久に変わらないことを書いているのだ」

「でも、休火山だって生き返る」と王子さま。

王子さまは、いつものようにわかるまで聞き返す。

「はかないって、どんなこと？」

「活火山も休火山も、山があるというだけだ。山には変わりがない」

「はかないって、どんなこと？」

王子さまは、なんどでも聞き返す。

「それはね、いつか消えてしまうおそれがあるということさ」

「ぼくの花も、消えてなくなるの？」

「もちろんさ」


ぼくの花もはかないのか。

自分を守るのにトゲを四つ持っているだけ。なのに、ぼくは花をひとりぼっちにして、でてきてしまった！

王子さまが旅にでてから、はじめて覚えたこころの痛みだった。

気をとりなおして聞いてみた。

「このあと探検するなら、どの星がいい？」

「地球を訪ねなさい。なかなか評判のいい星だよ」

あの花に思いをはせながら、王子さまはその星をでて、地球をめざした。

16

七番目に訪れたのは地球だった。

地球はほかの星たちとは、まったく違っていた。そこには、黒人もいれて百十一人の王さまと、七千人の地理学者、九十万人のビジネスマン、七百五十万人ののんだくれ、三億一千百万人のうぬぼれやなど、合わせると二十億人の大人が住んでいた。

電気が発明される前、六大陸で四十六万二千五百十一人も街灯に点火する人が必要だった。

それは、軍隊にいる軍人の数とおなじくらいだ。

地球がどれほど大きいか、わかってもらえるよね。

その地球の眺めといったら、ちょっと離れて遠くから見ると、ことばにできないほど美しい。

軍隊の動きは、まるでバレーの踊りのよう。

みごとにそろっている。

最初にニュージーランドとオーストラリアで、街灯に点灯される。

すると点火した人たちは家路へと急ぐ。

次は、中国とシベリアで点火される。

すると、点火した人たちが踊りだす。

ひとしきり踊ったあとには、舞台の裏のほうへと消えていく。

今度はロシアとインドの出番だ。

加えて、アフリカ、ヨーロッパ、南アメリカ、北アメリカ、それぞれ点火する人びとは、バレーを踊っては去っていく。

いちどだって、その順番は狂わない。

みごとな、すばらしい眺めだ。

北極にある一つだけの街灯に点火する人。
そして南極にも一つしかない街灯に点火する人。
その人たちだけが、のんびりと、退屈そうにしていた。
二人は年にいちどの点火だけで、あとは暇そうだった。

17

人間というものは、多かれ少なかれ、自分をよく見せようとして、ついウソをついてしまったりする。

点火する人たちのことについて、どこまで正しいことを話したか、ぼくにもちょっと自信がない。

ひょっとすると、地球を知らない人に、地球についてまちがった知識を与えてしまったかもしれない。

地球上で人間が占めている面積といったら、ほんのわずか。


大きな会議があったとするね。

二十億人がぴったりくっついて立つならば、長さ二十マイル、幅二十マイルの広場にらくにおさまるだろう。

太平洋にある小さな島々にも、人々を押し込められるだろう。

大人たちはもちろん、うそだ、そんなことできるわけがないというに決まっている。

なぜって、大人たちは、人間はもっと多くの場所を占めていると思っているから。

前に話したバオバブのように、人間は、自分たちのことを最高の生きものだと思っている。

ぼくがいったことをうそだといった大人たちに、念のために「じゃあ、計算してみて」と、いってごらん。大人たちは数字が大好きだから喜ぶかも。

でも、そんなくだらないことに時間をついやしてはいけない。まったくむだなことだから。

ぼくを信じてね。


地球に到着した王子さまは、人がだれもいないのに驚いた。

ちがう星に来てしまったかと、困っていたとき、砂の上で輪がほどけるのが見えた。

月の色をした輪が動いている。


「こんばんは」

王子さまは声をかけた。

「こんばんは」

ヘビが答えた。


「ここはどんな星？」

「地球だよ。アフリカだ」

「ええっ？　地球には人がいないの？」

「ここは砂漠だよ。砂漠には人がいない。地球って大きいから

ね」

王子さまは石に腰をおろして、空を見上げていった。

「ぼくたちだれもが、いつかは自分の星にたどりつけるようにと、星たちは光っているんだね。ぼくの星を見て。真上で光っている。でも、すごく遠いんだよ」

「きれいな星だね。でもきみ、なんで地球に来たの？」

「ぼくね、花と、ちょっとしたいざこざがあってね」

「そうなんだ……」

二人はだまってしまった。

「ところで、人間たちはどこ?　砂漠ってちょっとさびしいね」

「人間といっしょでもさびしいよ」

王子さまはじっとヘビを見ていた。

「きみって、変だね。指みたいに細いんだもの」

「でもね、王さまの指より力があるよ」

王子さまはにっこり笑った。

「きみはそんなに強くないよ。足もないしさ。旅だって遠くまでできないだろう?」

「船よりも速く、きみを遠くまで連れていけるよ」

そういって、ヘビは金のブレスレットみたいに王子さまの足首に巻きついた。

「ぼくはね、だれだってその人がやって来た、もとの場所に送り返すことができるよ。

でも、きみは、すごくいい子だし、それに星からやって来たからね。

ちょっと手間がかかるかな。かわいそうに。こんな岩だらけの土地で、きみは生きられないさ。

もし、きみが自分の星に帰りたくなったら、
ぼくが助けてあげる」

「わかった。わかったよ。でもさ、どうしてきみはなぞみたいなことばっかりいうの？」

「なぞはみんな、ぼくが解く」

それから二人はだまりこんだ。

18

砂漠を歩いていた王子さまが出会ったのは花一本だけ。花びらが三つの、どうということのない花だった。

「こんにちは」と王子さま。

「こんにちは」と花は返した。

「どこに人間たちがいますか？」

王子さまは、ていねいに聞いた。

その花は、あるとき、砂漠をラクダで移動するキャラバンに出会ったことがあった。

「人間たち？　きっと六人か七人はいると思うけれど。何年も前に見かけたことがあったわ。でもね、どこで会えるか、あたしにはわからない。風に吹かれて、どこかに行ってしまった。キャラバンには根っこがないの。だから、とっても苦労しているみたい」

二人は「さようなら」と別れのあいさつをかわした。

19

王子さまは、高い山に登った。

山といえば、王子さまが知っているのは、ひざくらいの高さの、ふるさとの山、三つだけ。

休火山のほうは、いつも足をのせる台に使っていた。

こんなに高い山に登ったら、星たちも、人間たちも、残らずみんな見渡せるに違いない。

そう思って登ってみたけれど、針のようにとがった岩のほかは、なにも見えなかった。

「ハロー」と王子さまは、なんとなくいってみた。

すると、

「ハロー……ハロー……」とこだまが返ってくるだけ。

「きみは、だれ？」というと、

「きみはだれ……きみはだれ……」とおなじ答えが返ってくる。

「友だちになってよ。ぼくひとりぼっちなん

りぽっち……ひとりぽっち……」

「友だちになってよ……ひとりぽっち……ひと

だ」

変な星だなあ！　カラカラに乾いて、とんがっていて、コチコチに硬い。

それに、ここの人間たちには、想像力なんかまったくない。だって、ぼくがなんといっても、そのことばを返すだけ。

ぼくのふるさとの星では、あの花がいつも自分のほうからいろいろなことを、ぼくに話しかけてくれたのに……。

20

王子さまが砂や岩や雪をやっとのことで通りぬけると、ついに、一本の道に出会った。

どんな道だって、道はみんな人間の住むところへと通じているものだ。

王子さまは、たくさんのバラが咲きほこる庭先に立っていた。

「おはよう」と王子さま。

「おはよう」とバラたちが答えた。

バラたちをじっと見つめていると、王子さまには、あのふるさとに残してきたバラに見えてきた。

「あなたがたは、だあ～れ？」

「あたしたち、バラよ」

それを聞いて王子さまは、とても信じられなかった。

ふるさとの星に残してきたバラは、

「あたしは世界でたった一本だけのバラなのよ」と、いつもいっていたから。

でも、ここの庭には、五千本ものおなじようなバラが咲いている！

ぼくのバラがこれを見たら、困ってしまうだろうな。

きっとてれかくしに、せき込んでしまうだろうな。

笑われないように死んだふりをするかも。

そしたらぼくは、彼女を介抱するふりをしなくちゃ。

そうしないと、彼女はぼくを困らせるために、ほんとうに死んでしまうかもしれないから。


王子さまは、こんなことも考えた。

一本の花を持っているだけで自分は豊かなのだ……と。

でも、ぼくが持っていたのは、ごく普通のバラだったけれど。
それと、ひざまでの高さしかない三つの火山。
それだって一つは、永久に噴火しないかもしれない。
こんなんじゃ、ぼくはたいした王子さまじゃないな。

王子さまは草のうえにつっぷして泣いた。

21

キツネが現れたのは、そんなときだった。

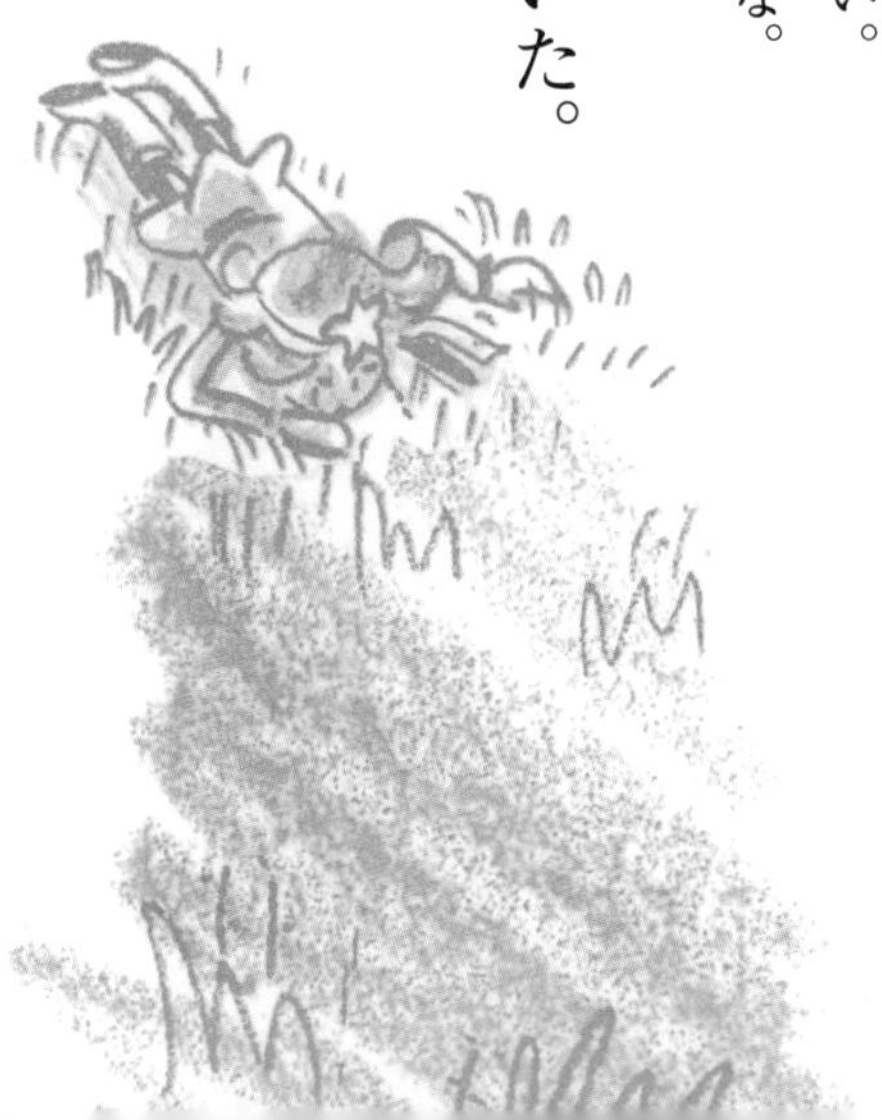

「おはよう」とキツネ。

「おはよう」といって、王子さまが振り向いたけれど、だれもいない。

「ここだよ。りんごの木の下さ」

「きみはだあれ？　なんてかわいいんだ……」

「ぼく、キツネだよ」


「あそぼう？　ぼく、すごくさびしいの」

「あそべないよ。まだ、きみのことよく知らないからさ」

「ごめん。よく知らないって？　それって、どんな意味？」

「きみはここら辺りの人じゃないね。なにかを探しているの?」

「人を探しているんだ。よく知らないってどんなこと?」

「人間は銃を持って狩りをする。困ったもんだよ。食べるためにニワトリだって飼っている。人間って、そんなことにしか興味がないいんだね。きみ、ニワトリ探しているのかい?」

「ちがうよ。友だちを探しているの。ね、ぼくのことよく知らないっていったね。よく知るってどんなこと?」

「それはね、こころを通わすことさ。みんな、いい加減にしているけど」

「こころを通わす?」

「そうだよ。おれにしたら、きみは十万ものほかの男の子とおんなじさ。おれさ、きみのこと必要じゃないもん。きみだって、おれのこといらないだろう?

だって、きみにとって、おれは十万のほかのキツネとおなじさ。

でもさ、こころが通って、仲よしになると、二人とも必要になり、離れられなくなってしまう。

きみは、おれにとって、世界でたった一人の男の子になる。

きみにとっても、おれが世界でたった一人のキツネになる」

「わかってきたような気がする。ぼくのふるさとに、花が一本咲いていてね。いま、その花と離れられなくなってきている」

「そうかもね。地球ではそんなことしょっちゅうだよ」

「地球での話じゃないんだ」

王子さまがそういうと、キツネはもっと知りたくなった。

「それって、ほかの星でのこと？」

「そうだよ」

「そこに猟師はいるかい？」

「いないよ」


「こりゃ愉快だ。ニワトリは？」

「いない」

二人の話がつながらないので、キツネは
「うまくいかないな」とため息をついた。

でも、話をもとにもどした。

「おれの毎日は、いつもおなじさ。おれはニワトリをつかまえる。

人間はおれをつかまえる。

ニワトリはみんなおんなじ。

なんも代わりばえしない。


人間だって、代わりばえしないな。

だから、ちょっと退屈なんだ。

もし、きみがおれと仲よくなってくれたら、きっと、おれの毎日は、太陽のように輝くだろうな。

足音だってこれまでとは、ちがうのを聞けるしね。

ほかの足音が聞こえると、おれはさっと穴ぐらにもぐりこんでしまう。

きみの足音がしたら、おれは音楽でも聞いているみたいに、穴のそとにはいだすよ。
それからね、ちょっとあれを見て！　麦畑が見えるだろう？
おれはパンなんか食べないから、麦はなんの役にも立たない。
麦畑はおれに、なんにも話してくれないしね。
それってさびしいよ……。

ところで、きみの髪の色はブロンドじゃないか。

すごいな。

だから、きみと友だちになりたいんだ！　麦が金色になるころ、きみのことを思い出すだろうな。金色の麦畑を通りすぎる風の音が大好きになるだろうな。

そういうとキツネはだまったまま、じっと王子さまを見つめた。

「ね、友だちになってよ！」

「そうしたいけどどね。ぼくにはあまり時間がないんだ。もっと友だちをつくりたいしね。それから、勉強したいこともたくさんあるし……」

それを聞いてキツネはいった。

「きみには一つだけ大切にしなければならないことがある。
それはね、だれかとこころを通わせ、深いつながりを持つことさ。
このところの人間ときたら、それを学んでいない。

店に行けばなんでもあるし、ただ売っているものを買うだけ。
でも、友だちを売っている店ってどこにもないよね。
だから人間は友だちを持てなくなっちゃった。
きみね、友だちがほしかったら、おれと仲よしになることだよ！」

「じゃあ、どうすればいいの？」

「じっと、がまんすることさ。まず、おれからちょっと離れてさ、向こうの草にすわっていて。おれは見て見ぬふりをする。きみはなにもいっちゃいけない。言葉は行きちがいのもとだからね。日ごとにきみは、だんだん近づいて、おれのそばにすわれるようになる」

その次の日、王子さまはまた、キツネのところにやってきた。

王子さまを見て、キツネはいった。

「おなじ時間に来てくれないかな？　そのほうが嬉しいんだ。たとえばさ、きみが午後の四時に来ると決まっていたら、おれは三時ごろにはもう、うきうきさ。四時が近づくと、もっと幸せな気分になる。約束の四時には興奮して、どうしていいかわからなくなってしまう。

つまり、幸せを手に入れるには、それだけのがまんが要るんだ。

きみがいつなんどきでもやってきたら、幸せを手に入れるあのこころのふるえとか、ときめきとか、ぜったいに味わうことができない。

ものには決まりがあるんだよ」

「決まりってなあに?」


「みんなそれに気づいてないね。

あまりにもいい加減なんだよ。

今日一日は、ほかの一日とちがうよね。

いまの一時間は、ほかの一時間とは違う。

これは事実だよ。

たとえていうとね、おれを捕まえる猟師たちだって、ちゃんと決まった動きをしている。


彼らは木曜日に村の女の子たちとダンスをする。

だからその日は、おれにとっては最高の日。

ブドウ畑まで遠出できるしさ。

もし、猟師たちが曜日かまわず、好きなときに女の子たちと

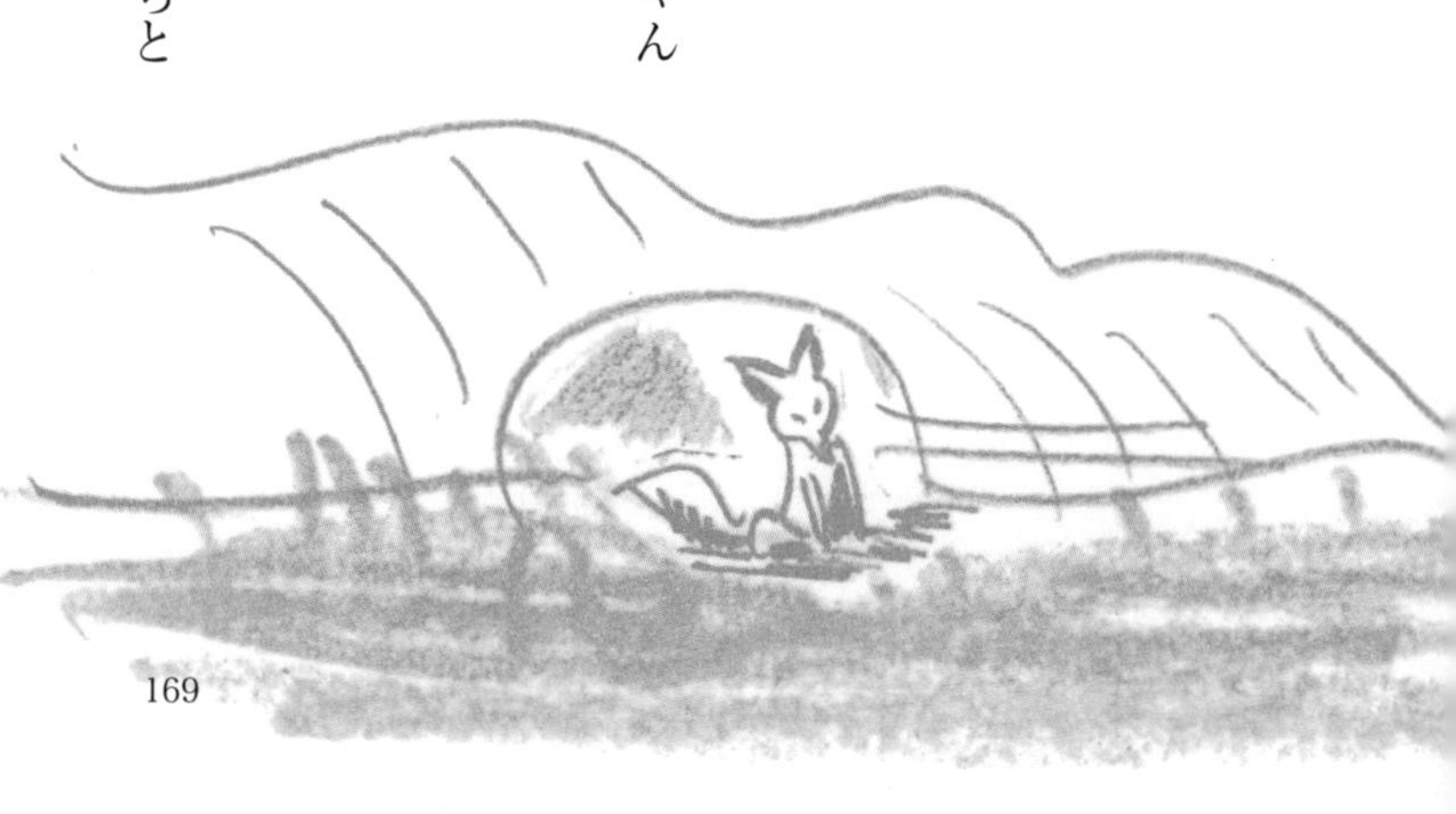

踊ったら、おれにとっては、休みもなくなるし、メリハリがきかなくなっちゃう」

こうして王子さまはキツネと仲よしになった。

でも、別れのときが近づいていた。
「あ〜あ、おれ、泣きたいよ」とキツネ。
王子さまはいった。

「それって、きみのせいだよ。
きみを悲しませるなんて、そんなこと、ぼく、ぜんぜん考えてもいなかった。
仲よくしようといったのは、きみのほうなんだから……」

「わかっているってば」

「でも、きみ、泣きだすんだもん！」

「わかっているよ」

「泣くんだったら、せっかく友だちになっても、いいことなにもないじゃないか」

「あるんだよ。それが……。麦の色だよ。麦の色」

そういって、キツネはつづけた。

「もう一度、あのバラ園のバラたちに会いに行ってごらん。そしたら、きみの星に残してきたあのバラの花が、世界にたった一本のバラだと、きっと、きっと、わかるはずだから。

バラ園から戻ってきてから、おれにサヨナラをいってよ。きみに秘密のプレゼントを用意しておくからね」

キツネにいわれたように、王子さまは、バラ園のバラたちをもういちどたずねた。

「きみたちは、ぼくのバラとはぜんぜんちがうよね。だって、きみたちは、一人ずつ勝手に咲いているだけだから。

みんなだれかと仲よくしたことある？　ないでしょう？

おたがいがとっても大切だ、最高の友だちだと、こころから思ったことある？

ぼくがあのキツネに、はじめて会った、あのときもきみたちとおんなじだったよ。ぼくのキツネは、十万もいるほかのキツネとおんなじだった。でもね、彼と友だちになると、この世界でたった一人のキツネになったんだ」

それを聞いたバラたちは、恥ずかしそうにしていた。

「きみたちは、とてもきれいだよ。でもね、なんかこころが空っぽに見える」

王子さまは、バラたちに語りつづけた。

「きみたちのために、死んでもいいなんて、きっとだれも思わないだろうね。

ほんと、ぼくのバラだって、通りすがりの人たちには、きみたちとおんなじに見えるさ。

でもね、ぼくのバラはね、ぼくにとって、きみたち全部をいっしょにしたよりもっと、もっと大切なバラなんだ。

だって、ぼくが水やりをしたからね。ガラスで覆ってあげたし、強い風を防ぐために囲いもしてやった。

ケムシも殺してやったよ。

チョウチョのために、二匹か三匹は残しておいたけれど。

彼女のぐちだって、自慢話だってみんな聞いてあげたよ。彼女がだまっているときだって、なんかしゃべっているかなって、のぞいてみたこともあるし。彼女は、ぼくのバラだからね。

それから王子さまは、キツネのところに戻った。

「さようなら」と王子さま。

「さようなら」とキツネ。

「おれがさっき約束したのは秘密のことばのこと。いや、どうってことないんだけどね。

どんなものでもこころで見ないと、はっきりとは見えない。それをいいたかったのさ。大事なものは、目には見えない。それが秘密のことばさ」

「大事なものは、目に見えない」と王子さまは、くりかえした。

「きみのバラは、きみにとってかけがえのないものだ。それは、きみがバラに、たくさんの時間と愛をそそいであげたからだよ」

「時間と愛？」
「人間はこのことを忘れている。これぜったい忘れちゃいけないよ。

一度は愛情を注いだ相手に、いつまでも責任を持つことさ。

きみは、きみのバラに責任がある」

「ぼくのバラに責任がある……」
王子さまはくりかえした。

22

「おはよう」と王子さま。

「おはよう」と、線路で仕事をしている男が答えた。

「なにしているの?」と王子さま。

「ぼくはね、線路のポイントを、右や左に換えているのさ。ぼくは列車の旅びとを千人ずつ束にして、右か左に送りだしているポイントマンさ」


ライトをつけた急行列車が、かみなりみたいなうなり声をあげて、そばを通り抜けた。

ポイントマンの小屋も揺れた。

「みんな、すごく急いでいるな。なにを探しているんだろう?」

「そんなこと、機関車を運転する機関手だって知らないさ」

べつの急行列車が反対方向へ、ごう音をたてて走っていく。

「もう、帰ってきたの?」

「ちがうよ。すれちがっただけ」

「自分の場所に満足できなくて、動きつづけているの?」

「だれだって、自分のいるところに満足なんかしていないよ」

三番目の急行列車が通り過ぎた。

「二番目、三番目の列車も前の列車を追っかけているの？」

「追っかけてなんかいないさ。

お客たちは、列車のなかで眠っているか、あくびをしている。窓に鼻をくっつけて外を見ているのは、子どもたちだけ」

「きっと、子どもたちだけが、なにを探しているのかわかっているんだね。

人形で遊んでいると、それが大切な仲間になってしまい、それが取り上げられると、泣いてしまったり……」

「子どもたちって幸せだよ」

23

「おはよう」と王子さま。

「おはよう」とセールスマン。

彼はのどの渇きに効く薬を売っていた。

一週間に一粒飲むだけで、もう水を飲まなくてもいいとか。

「なぜこの薬売っているの？」

「時間が節約できるからさ。専門家は一週間に五十三分節約できるといっている」

「その五十三分をどうするの？」

「好きなようにつかうのさ」

五十三分という時間を、ぼくがもし好きなように使えるなら、ものすごくゆっくり、ゆっくり、泉へと歩いていく。

24

砂漠に飛行機が不時着して、八日目が過ぎた。

ぼくは、大事にとっておいた最後の水、その一滴を飲みながら、王子さまから薬売りの話を聞いていた。

「きみの話はほんとに楽しいね。でも、ぼくはまだ、飛行機の修理ができていない。飲む水もなくなったしね。ぼくも泉のほうへと、ゆっくり歩いて行きたいな」

「友だちのキツネがいってたよ」

「きみね、ぼくはいま、キツネどころの話じゃないんだ」

「どうして?」

「ぼくたち、のどが渇いてそのうち死んじゃうからさ」

王子さまには、ぼくがいっている意味がわかっていないらしい。


王子さまはいった。

「死にそうなときだって、友だちがいるのはいいことだよ。ぼくは、キツネという友だちを持てすごく幸せなんだけど」

王子さまには、このいのちがあぶない状況が理解できないらしい。
きっと彼にはお腹がすくとか、のどが渇くといったことがないのだ。

でも、王子さまはじっとぼくを見ていた。
ぼくがなにを考えているのかわかったみたいだ。
王子さまはつぶやいた。

「ぼくものどが渇いた……。井戸を探そうよ……」

それを聞いてぼくは、気分を害したような身ぶりをした。果てしなく広い砂漠でなんとなく井戸を探すなんて、ばかげているから。

そうは思ったけれど、ぼくたちはいっしょに歩きはじめた。口もきかずに何時間も歩いた。夜の闇がおり、星が輝きはじめた。ぼくはのどが渇いていたから、なんだか熱っぽい感じで、夢でも見ているようだった。

王子さまのいっていることが、頭のなかで踊っているだけ。

「きみものどが渇いているの？」と、ぼくが聞いた。

「水って、こころもいやしてくれる」

王子さまが、どうしてそんなことをいったのか、ぼくにはわからない。

ぼくはだまっていた。

こんなとき、王子さまにはなにを聞いてもむだなこと。

それを知っていたからだ。

王子さまは疲れてしゃがみこんだ。

ぼくも王子さまのそばに腰を下ろした。

しばらく二人はだまっていたが、王子さまのほうから口を開いた。

「星があんなに美しいのは、いま、目には見えない一本の花があの星にいるからだね」

「もちろんだよ」

そういってから、ぼくは月の光で輝いている砂漠のずっと向こうを見つめていた。

「砂漠は美しい」と王子さま。

砂漠はほんとうに美しかった。

ぼくはいつだって砂漠が好きだった。
あなたも一度、砂丘に腰を下ろしてみてください。

なにも見えないけれど。
なにも聞こえないけれど。
でもね、なにかが光っている。
静けさのなかで、なにかが歌っている。

「砂漠が美しいのはね、どこかに井戸をかくしているからだよ……」と王子さま。

そのとき、突然、ぼくは砂がなぞめいて光を放っているわけを知った。

ぼくが少年だったころ、古い家に住んでいた。

その家のどこかに宝物が埋められていると、ずっと伝えられていた。


これまで、その宝物はだれも発見できなかったけれど。

きっと、だれも探したりしなかったんじゃないかな。

でもね、かくされている宝物のおかげで、その家はすみからすみまで、すてきな魔法にかかっているように美しかった。

目には見えないけれど、奥深くに、秘密をかくしていたのだと思う。

ぼくは王子さまにいった。

「そうだね。家だって、星だって、砂漠だって、美しいものはみんなこれみよがしに外に見せない。なかにかくしているよね」

「うれしいよ。ぼくのキツネとおんなじことをいうなんて」といって、王子さまは眠りに落ちた。

ぼくは王子さまを両腕に抱き、また、歩きだした。

まるでこわれやすい宝物をそっと運んでいるみたいだった。

地球上にこれほどこわれやすいものはないだろうなと感じながら……。

月の明かりに照らされた王子さまの青白い額、とじた目。吹くともなく吹いている風になびくふさふさのブロンドの髪。ぼくは、自分にいい聞かせていた。

いま、ぼくが見ているのは、外側だけなんだ。大事なものは、目に見えない。

王子さまのくちびるに、ちょっとだけ笑みがもれた。
そのとき、ぼくのこころは言葉に表せない感動に包まれていた。

そんな王子さまを見ながらぼくが感動したのは、きっと、王子さまがあのバラ一本だけを、ずっとこころにとめていたからだ。
あのバラのことを、王子さまは眠っている間もランプの灯火のように、王子さまのこころのなかで輝かせていたからなのだ……。

王子さまは、ぼくが思っているよりずっと、こわれやすい存在なのだろう。
ぼくはやっと、そのことに気づいた。
だから、ランプの灯火を消さないように守ってあげなければ。
その灯は、風がさっと吹くだけで消えてしまうほど小さいから。
歩きつづけていると、夜が明けてきた。
信じられないことに、井戸がぼくの目の前にあったのだ。
驚いたといったら……。

25

王子さまはいった。

「みんな急行に乗って、旅にでているけれど、なんで旅にでるのか目的がないみたい。だから、いらいらしたり、おなじところをぐるぐる回ったりしているんじゃないかな。

ご苦労なことだね……」

ところで、ぼくたちが出会った井戸は、サハラ砂漠にはありえない井戸だった。

なぜって、サハラ砂漠の井戸といえば、ふつう、砂地に穴をほっただけのもの。

ぼくたちの目の前にある井戸は、村でよく見かけるものに似ていた。

ここには村なんかありやしない。

ぼくは夢でもみているのかと自分をうたがった。

「おかしいよね。なにもかもそろっているじゃないか。滑車だろ、手おけだろ、綱だって」

ぼくがそういうと、王子さまは、笑いながら綱をつかみ、滑車を動かした。

すると、滑車はうなり声をあげた。

まるで、長いこと放置されていた風見鶏の羽根のように。

「聞こえた？　ぼくたち、眠っていた井戸を起こしたよ。井戸が歌を歌っている」と王子さま。

ぼくは、王子さまを疲れさせてはいけないと思った。

「ぼくにやらせてよ。きみには重すぎるから」

ぼくは、ゆっくりと手おけを井戸のへりまで引きあげ、それから、注意深く下に置いた。

滑車の歌はずっとぼくの耳に鳴りつづけ、お日さまの光が、手おけのなかで揺れている水を、キラキラ踊らせていた。

「のどが渇いているの。その水を飲ませて……」

王子さまもやっぱり、水がほしかったのだ。

手おけを王子さまの口もとに持っていってあげると、王子さまは目をつぶったまま、水を飲んだ。

その水は王子さまにとって、お祭りのごちそうみたいにおいしかったと思う。

この水は、どこにでもある水とはちがって、言葉にできないほどおいしい水だった。


ぼくたちが夜空の星たちと歩きつづけ、滑車の歌声を聞き、手おけを引っぱりあげて、やっと手にいれた水。

水は二人のこころを、ぬくもりでいっぱいにしてくれた。

なによりのプレゼントだった。


なぜかぼくは、子どものころをなつかしく思い出していた。

思い出がぼくの脳裏をかけめぐる。

クリスマスツリーの灯り、真夜中のミサ、みんなのほほえみ。

ぼくはかぎりないやさしさに包まれて、クリスマスのプレゼントを手にしたものだった。

いま、ぼくは、あのときとおなじよろこびで胸をおどらせている。

王子さまはいった。

「きみの住んでいる地球の人たちって、一つの庭に五千本もバラを咲かせているけど……。みんなバラを育てるっていうほんとうの意味がわかっていないんだね。求めているものがなにか、わかっていない」

「わかっていない？」

「だってさ、みんなが求めているものは、たった一本のバラにだってあるのにさ。
ほんのちょっぴりの水のなかにもあるのにね」

「そうなんだよね」

「目にはなんにも見えないよ。こころで見なくちゃね」

ぼくも水を飲んで、ほっと息をついた。
夜が明けるころの砂漠の色は、まるでハチミツ色だ。

その色はぼくを幸せにしてくれた。

なのに、ぼくはどうしてあのとき悲しかったのだろう？　王子さまは、ぼくのそばに近づきながらいった。

「きみ、約束を守らなくちゃ」

「約束って？」とぼく。


「ほら……ヒツジの口輪のことさ……。ぼくね、ぼくの花のところへ帰らなくちゃ！」

ぼくはポケットから、前に描いたスケッチたちを取り出した。

それらをじっと見つめていた王子さまは、笑いながらいった。

「きみのバオバブってまるでキャベツみたいだね」

「ええっ？　なんで？」

あのバオバブの絵には、ものすごく自信があったからだ。

「このキツネだけどね。なんだか耳がツノみたい……長すぎるよ！」といって王子さまは、また笑った。

「それってフェアじゃないよ。だってさ、獲物を飲み込んだヘビのお腹の外側と内側だけしか描けなかったんだからさ」

「いいんだ。いいんだよ。きみの絵は、子どもだけにはわかるからね」


それからぼくは口輪を描いた。

ぼくはその絵を、胸がはりさけそうな思いで手渡した。

「きみ……ここをでていくの？」

「あのね、この地球にやってきて、明日でちょうど一年目の記念日」

沈黙が流れたあとで、王子さまはつづけた。

「ぼくね、このすぐ近くに降りてきた……」

そういうと、ぽっと顔を赤くした。

どうしてなのかわからないけど、ぼくはまた、胸が痛くなった。

でも、なんとかことばにだしてみた。

「八日前の朝だったよね。きみに会ったのは……。きみはだれも住んでいない千マイルも向こうのほうからやって来た。たったひとりぽっちで……。
あのとき、地球に降りた場所に、また、戻ろうとしているの？」

王子さまはまた、顔を赤らめた。
「記念日だったから？」と、ぼくはためらいながら聞いた。
またまた、王子さまは頬を赤らめて、ぜんぜん答えない。
赤くなるのは、ほんとのことをいわれたせいだ。

「あ～あ。ぼく、こわいよ……」

それには答えず、王子さまはいった。

「きみは、すぐ仕事に取りかからなくちゃ。飛行機に戻ってね。ぼく、ここで待っているから。明日の夕方、また、ここで会おうよ」

でも、ぼくは心配で、心配でどうしようもなかった。

そのときふと、あのキツネのいったことが思い浮かんだ。

だれかと仲よしになるには、涙とも友だちになること。

26

あの井戸のそばには、こわれかけた古い石壁があった。
あくる日の夕方、ぼくが仕事を終えて戻ってみると、遠くのほうに王子さまが見えた。
石壁のてっぺんに腰をおろし、両足をぶらぶらさせていた。
彼の声が聞こえてきた。
王子さまは、だれかと話しているみたいだった。
ぼくには見えないだれかと。

「覚えていないのかい？　ここじゃないよ！

今日という日はまちがっていないけど、場所がちょっとちがうよ……」


ぼくは石壁のほうに近づいた。

でも、王子さまの声しか聞こえない。

人影もまったく見えなかった。

「もちろんさ。砂の上のぼくの足あとが、どこからはじまっているかわかるかい？　そこで待っていて。今晩、ぼく、そこへ行くから」


ぼくは石壁に二十ヤードまで近づいた。

けれど、王子さまのほかにはだれも見えない。

王子さまは、しばらくだまっていたが、またたれかになにかをしゃべりだした。

「きみの毒って、すごいの？
苦しまなくてもいいの？」

ぼくは立ちすくんだ。
胸がどきどきしたけれど、なにが起こっているのかわからなかった。

「もう、あっちへ行って。ここから降りたいんだから！」

と王子さま。

そのときぼくは、石壁のあたりを見て飛び上がった。

驚いてしまったのだ。

王子さまのほうに、黄色いヘビが頭をもたげて近づいていたから。

三十秒で命をうばってしまう、あのヘビが……。

ぼくはポケットからピストルを取りだしながら走った。

ヘビはぼくの足音で、さっと砂のなかに逃げていった。

石壁にたどりついたとき、ちょうど王子さまが降りて来た。

ぼくは王子さまを抱きかかえ、雪のように白い顔をみた。

「ここでなにしていたの？　ヘビと話をするなんて」

ぼくは王子さまがいつも首に巻いている黄色のスカーフをゆるめてあげた。

それから、耳の上をしめらせ、水を飲ませた。
もう、王子さまになにも聞くことがなかった。

王子さまはまじめな表情でぼくをじっと見つめ、両腕をぼくの首に回した。
王子さまの心臓は、鉄砲に撃たれ、死にかけている小鳥のようにはげしく打っていた。

王子さまはいった。

「エンジンの故障の原因がわかってうれしいよ。また、飛べるんだ……」

「どうしてそれがわかったの？」

ぼくは思っていたよりうまく成功したことを、知らせようと思っていたところだった。

ぼくの質問には答えずに、王子さまはいった。

「ぼくも今日、家に帰る……」

悲しそうだった。

「すごく遠いんだ……。ぼくの星に帰るのはものすごく大変なんだよ」

なんだかとんでもないことが起こっているような気がした。

ぼくは幼い子どもを抱くように王子さまを両腕で抱きしめた。

でも、王子さまはどこか深い奈落にさかさまに落ちていくようだった。

ぼくはただ抱きしめることしかできなかった。

王子さまは変わりはてていた。

意識もぼんやりうわの空だった。

王子さまは悲しそうな笑みを浮かべながらいった。


「ぼく、きみのヒツジを持っているし、ヒツジを飼う木箱もあるし、それから口輪も」

王子さまは少し元気になったみたいだった。


ぼくはじっとしていた。

「きみ、こわかったんだね」

そう、王子さまはこわがっていた！　王子さまはちょっと笑った。

「今晩、もっと、もっと、こわくなるだろうな……」

ぼくは、どうすることもできなくて凍りついていた。
王子さまの笑い声をもう二度と聞くことができない。
それがぼくには耐えられなかった。

彼の笑い声はぼくにとって、砂漠でぼくを元気づけてくれたあの泉のようなものだった。
「きみの笑い声をもう一度聞きたいよ……」

「地球に降りて来てから、今晩で一年になる。ぼくの星が、ちょうどぼくが降りた真上に来るんだ」

と王子さま。

「それって、悪い夢じゃないの？　ヘビだとか、待合せ場所とか、あの星のこととか……みんな」

王子さまは、答えない。

そして、たったひとこと。

「大事なものは目に見えない……」

「そうだとも……」とぼく。

「花だっておんなじさ。どこかの星に咲いている一本の花を、愛したとするね。そうしたら、夜、空を眺めるのが楽しくなるよ。夜空の星たちはみんな、花でいっぱいになる」

「そうだとも……」

「水だっておんなじさ。きみがぼくに飲ませてくれた水は、音楽みたいだった。滑車や綱の音がね……。覚えている？　おいしかったね」

「そうだとも……」

「きみ、夜には星を眺めてね。ぼくの星はすごく小さいから、どの星がぼくのかを、教えられないけれど。だから、こうして……。

ぼくの星は、たくさんの星のなかの一つだから、星たちみんなを眺めてね。

きっとみんなを好きになるよ。
友だちになれるよ。
それからね、ぼく、きみにプレゼントがあるんだ」
王子さまは笑った。

「ああ、ぼく、きみの、その笑い声が大好きさ！」
「それがぼくのプレゼント。

みんなそれぞれ星を持ってるね。
だからといって、みんなおなじじゃないよね。
旅人にとってガイドだし、人によっては星なんか、ただのかすかな灯りでしかない。

学者にとっては、研究対象さ。
ぼくが前に会ったビジネスマンにはお金だしね。
星たちは、ただ、だまっている。
でも、きみはほかの人たちとちがう星を持つことになるよ」
「それって、どんな意味？」
「きみが夜空を見上げるとき、あの星たちの一つにぼくがいる。
ぼくがほほえむと、星たちみんながきみにほほえむことになる。
きみは、きみにほほえみかける星たちをたくさん持つことになる」

王子さまは、もう一度笑った。

「いつかきみが、安らかなこころで過ごせるようになったら、ぼくと仲よしになれてよかったと思うだろうな。だって、きみはいつだって、ぼくの友だちだから。


きみはぼくといっしょに笑いたくなるよ。

気が向いたら、ときどき窓を開けてね。

そしたら、きみの地球の友だちは、空を見上げては笑っているきみを見て、変なやつと思うだろうな。

そんなときには、いってね。

『ぼくは星を見るといつも笑いたくなってしまう』って。

ということは、ぼくはきみに、とんでもないいたずらを仕掛けたことになるね……」

王子さまは、また笑った。

「ぼくは星じゃなくて、小さな笑いの鈴をたくさん、きみにあげたことになる……」

そういうと、王子さまの顔は、だんだん暗くなっていった。

「今夜は……来ないでね」

「ぼく、別れたくない。いやだ」

「そのときが来たら、なんだかすごく苦しんでいるように見えるだろうな。死にかけているように見えるだろうな。きみには、きっとそう見える。そんなの見に来ないでほしい。見に来たっていいことないよ」

「きみと別れたくない」

王子さまは、なんか心配そう。

「こんなことをいうのは、あのヘビのことがあるからさ。きみに噛みついたりしちゃ大変だから。ヘビはいやなやつだから。わけもなく噛みつくからね」

「ぼく、きみと別れたくない」

そのとき、なにかが王子さまを、安心させたみたいだった。

「ヘビが二度目に噛むとき、殺すほどの毒がなくなるって。これ、ほんとらしいよ」

その夜、王子さまが去ったのに、ぼくはまったく気づかなかった。

彼は音も立てずにいなくなった。

気がついたときには、意を決したように、足早に遠のいていった。


すぐに、ぼくは追いかけ、やっと追いついた。


「ああ、きみだったの？」

王子さまがいったのはそれだけ。

そして、ぼくの手を取った。

でも、とても不安そうだった。


「来なければよかったのに。つらい思いをするよ。ぼく、死んだみたいになるから。ほんとはそうじゃないけどね」

ぼくはなにもいわなかった。

「きみ、わかるよね。遠すぎるんだよ。重すぎてこの体を持っていけないんだ」

ぼくはなにもいわない。

「体って、捨てられた、古い貝がらみたいなものさ。ぜんぜん悲しくないよ。古い貝がらなんだもの……」

ぼくはなにもいえない。

王子さまは、いま、気が弱くなっているみたいだった。
でも、気を取りなおしていった。

「ね、ぼくも、星たちを眺めるよ。星たちはみんな井戸になる。さびのついた滑車がついていて、どの星もぼくに水をたくさん飲ませてくれる……」

ぼくはなにもいわない。

「ほんと、楽しいだろうな！　だって、きみは五億もの鈴を手に入れるだろうし、ぼくはフレッシュな水があふれる五億もの泉を持てるのだから」

そういうと、王子さまはだまってしまった。泣いていたからだ……。

「ここがその場所。一人で行かせて」

そういうと王子さまはしゃがみこんでしまった。こわかったのだ。

「あのね、ぼくの花……ぼく、あの花には責任がある。すごく弱い花だからね！　子どもっぽくってさ……。世間から自分を守るために、へんてこなトゲをたった四つ持っているだけ。ぼくが守ってあげなくちゃ」

ぼくも腰を下ろした。
立っていることができなかったのだ。

「もう、なにもいうことないよ」

王子さまはそういって、しばらくためらっていた。
立ち上がり、歩こうとして、一歩踏みだしたが歩けない。
ぼくも動けなかった。

まさにそのときだった。

黄色いものが、王子さまのかかとの辺りに光ったのは……。
ちょっとの間、王子さまは動きを止めた。
叫び声はまったく聞こえない。
木が倒れるようにゆっくり倒れた。
音一つ聞こえない。
砂漠だから。

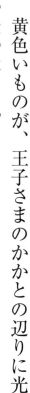

27

いま思うと、もう六年も前のことになる……。

これまでぼくは、この話をだれにも話したことはない。
再会した友人たちは、ぼくが生きていたことをすごく喜んでくれた。
ぼくは彼らにたったひとこと、「疲れた」といっただけ。
いまは、かなり元気になった。
でも、完璧とはいえない。

王子さまが自分の星に帰ったことはわかった。だって、夜明けには、彼の姿はどこにもなかったから。

そんなに彼の体は重くはなかったんだ。
いま、夜になると、星たちの音に耳をすます。
ぼくはそれが大好きだ。
ほんとに五億の鈴が鳴っている。

さて、大変なことがある。
王子さまにヒツジの口輪を描いてあげたけど、ひもをつけるのを忘れていた。

王子さまはきっと、ヒツジに口輪をはめられないだろう。


王子さまの星で、なんかまずいことが起こっているのではないかとぼくは気がかりだった。

あの花をヒツジが食べてしまうのでは、とか。

でも、ときどきは思ったりする。

そんなことはない。

夜には覆いのガラスをかけてやるし、ヒツジが近寄らないように、ちゃんと見張っていると。


そう思うとき、ちょっと幸せになる。

星たちはいつも、みんなやさしく笑ってくれているしね。
こんなことを考えたりもする。
だれだって、たまにはうっかりするものだけど、そうなったら、もうおしまいだ。
王子さまが覆いのガラスを忘れたりするかも……。
夜、ヒツジが音もなく、外に出たりしたら……。
そんなことを思うとき、鈴がみんな涙に変わる！　みんな不思議なことばかり。
あの星の王子さまを好きなあなたにとってもおなじことだと思うけれど……。

だれも見たことのないヒツジが、だれも知らないどこかで、一本のバラを食べたとか食べないとか……そんなこと考えるだけで、この世界のなにもかもがちがって見えてきますよね。

空を見上げてみて……。

あのヒツジが、あの花を食べたかどうか考えてみて……。

そうすれば、世の中のなにもかもがちがって見えてくるはずだから。

それから、大人だって、そんなことがどんなに大切かわかってくれるはず！

あとがき

この絵はぼくにとって、世界中で一番美しくて、一番悲しい風景です。

前のページとおなじ風景ですが、あなたにしっかり見ていただくために、もう一度描きました。

そこは王子さまが地球に降り、そして去っていった場所です。

あなたがいつの日かアフリカの砂漠を旅行することがあったら、ここだとすぐわかるように、注意深く見ておいてください。

もしここを通るならば、どうか急いだりしないでください。

星空の下、ちょっとだけ立ち止まってください！

そんなとき、子どもがあなたの近くにやって来て、笑顔を見せるならば……。その子が金髪で、なにを聞いてもだまりこくっていたら……。わかりますよね。この子がだれなのか。どうか、お願いです。悲しみに沈んでいるぼくを、忘れないでください。王子さまに会ったら、すぐに、手紙で知らせてください。王子さまが帰って来たと……。

訳者あとがき

世界中のあらゆる書物のなかで、『星の王子さま』は、五本の指に入るベストセラーだといわれています。日本でも、たくさんの翻訳が出版されています。それだけに、『星の王子さま』という書名については、多くの方々が知っておられるでしょう。

ところが、手に取ってはみたものの、読了できなかったという声がときどき聞こえてきます。私の周辺でも小・中学生だけでなく、大人たちの中にも途中で投げ出したという人がいます。

こんなにすてきな本を、途中で投げ出されてはあまりにも悲しい。どうか今度だけは、著者、王子さま、王子さまが愛した一本のバラ、キツネたちの思いを受け止めてください。

みなさまにその思いをお伝えしたいという一心で翻訳しまし

た。最後まで読んでいただけるようにと、心して翻訳しました。

文中に、「人間としていちばん大切なもの。それがなにかを知っている大人はあまりにも少ない」とあります。ドキッとさせられることばです。

「人間としていちばん大切なもの」を、この本から読み取っていただければ幸せです。

ときには夜空の星を眺めてください。あの星たちのどこかで、いまも王子さまが微笑んでいると想像してみてください。

それだけできっと、心穏やかな日々が訪れてくるでしょう。

永嶋恵子

※『星の王子さま』は一九五三年岩波少年文庫で刊行されました。タイトルは訳者の内藤濯氏の創案によるものです。

日本一わかりやすい
〈新訳〉星の王子さま

作　者　サン=テグジュペリ
訳　者　永 嶋 恵 子
発行者　真船美保子
発行所　KK ロングセラーズ
東京都新宿区高田馬場 2-1-2　〒 169-0075
電話（03）3204-5161（代）　振替 00120-7-145737
http://www.kklong.co.jp

印刷・製本　大日本印刷(株)
落丁・乱丁はお取り替えいたします。※定価と発行日はカバーに表示してあります。
ISBN978-4-8454-5135-7　C0097　Printed In Japan 2021

本書は2013年3月に出版した書籍を改題改定したものです。